Das Indische Resort

Das Indische Resort
Wo Fantasien Lebendig Werden

Emilia Meyer

Haftungsausschluss

Dies ist ein fiktives Werk. Namen, Charaktere, Orte und Ereignisse sind entweder Produkte der Fantasie des Autors oder werden fiktiv verwendet. Jegliche Ähnlichkeit mit tatsächlichen Ereignissen oder Orten oder lebenden oder verstorbenen Personen ist rein zufällig.

Alle abgebildeten Charaktere sind mindestens 18 Jahre alt oder anderweitig über dem Einwilligungsalter.

Am frühen Abend spürte Adele die Wärme der Sonne auf ihrer Haut, während sie ihren Tee genoss. Sie hatte sich einen Tagesablauf zurechtgelegt, bei dem sie morgens Hausarbeiten und Besorgungen erledigte. Die Mittagszeit verbrachte sie entweder allein oder mit Freunden in einem nahegelegenen Restaurant. Abends konnte sie sich entspannen und abschalten, sei es beim Lesen eines Buches bei einer Tasse Tee, bei einem Schaumbad oder einfach beim Faulenzen im Bett in bequemer Kleidung. Adele las leidenschaftlich gern und frönte dieser Freude, wann immer sie die Gelegenheit dazu hatte. Die Nächte waren ihrem Ehemann Henry gewidmet, dem Mann, den sie verehrte und als die Liebe ihres Lebens schätzte.

Adele und Henry waren seit 4 Jahren verheiratet. Henry arbeitete als Ingenieur in einem privaten Unternehmen und zeichnete sich in seiner Rolle aus. Er war Teil der Forschungs- und Entwicklungsabteilung und hatte mit 35 Jahren bereits die Position des Vizepräsidenten für neue Technologien erreicht. Mit dem Erfolg sind jedoch auch Opfer verbunden. Henry musste lange arbeiten und häufig geschäftlich reisen. Auf seinen Reisen innerhalb Deutschlands durfte Adele ihn begleiten, auf seinen Auslandsreisen konnte sie ihn leider nicht begleiten. Obwohl Adele Henry sehr vermisste, als er weg war, war sie verständnisvoll und geduldig. Trotzdem hat jeder seine Grenzen und Adele hatte das Gefühl, dass sie ihre schnell erreichte.

Henry verbrachte zwei Wochen in Spanien, seine sechste Reise des Jahres. Er hatte die Aufgabe, ein Projekt zur Expansion seines Unternehmens zu leiten. Daher musste Henry oft ins Ausland reisen und auch in Deutschland bis spät in die Nacht arbeiten. Dieser hektische Zeitplan hatte seine

Beziehung zu Adele stark belastet, da sie sich kaum sahen und es zu Spannungen kam.

An einem Wochenende bemerkte Henry, dass Adele unglücklich war, und reservierte einen Tisch in einem schicken, romantischen indischen Restaurant. Adele war aufgeregt und nahm sich Zeit, sich für den Abend vorzubereiten. Um in Stimmung zu kommen und sich auf die Interessen ihres Mannes in Südasien einzustellen, beschloss sie, sich passend zu kleiden.

Sie trug einen wunderschönen schokoladenfarbenen Seidensari mit Goldstickerei, der ihre braunen Augen perfekt zur Geltung brachte. Ihre Bluse war ärmellos und hatte einen tiefen Ausschnitt, und ihr langes schwarzes Haar strich sanft über ihren nackten Rücken. Nachdem sie den letzten Schliff mit Make-up aufgetragen hatte, bewunderte sie sich im Ganzkörperspiegel. Mit 26 Jahren wusste Adele, dass sie atemberaubend schön war. Sie ist 1,62 m groß und wiegt 54 kg, was sie durch regelmäßiges Training und eine kontrollierte Ernährung aufrechterhielt. Sie trug eine Goldkette über ihrem tief gebundenen Sari-Knoten, wodurch ihre 66 cm Taille betont wurde. Ihr bestes Merkmal war ihr 96 cm breiter Brustumfang, der durch ihre tief ausgeschnittene Bluse betont wurde. Ihre helle Haut war nahezu makellos. Ohne Zweifel war sich Adele ihrer Schönheit bewusst und selbstbewusst.

Adele verließ den Raum und ging ins Wohnzimmer, wo Henry wartete. Als Henry Adele sah, war er verblüfft.

„Oh mein Gott, du siehst einfach hinreißend aus!"

Adeles Gesicht erhellte sich mit einem einfachen Lächeln. Sie antwortete anmutig: „Oh, danke!"

Henry näherte sich seiner umwerfenden Frau und bot ihr seinen Arm an. Adele hakte sich bei ihrem Mann ein und sie schlenderten gemeinsam zum Auto.

Henry hatte das perfekte Spitzenrestaurant ausgewählt. Die Atmosphäre weckte bei Adele Erinnerungen an die Lokale, die sie nach ihrer Hochzeit besucht hatten. Selbst in solch eleganten Lokalen konnte Henry kaum widerstehen, Adele zu berühren. Ihre Mahlzeiten wurden oft schnell zubereitet, damit sie schnell zum Nachtisch nach Hause zurückkehren konnten. Gelegentlich begann Adele, Henry auf der Heimfahrt im Auto zu berühren, obwohl dies aufgrund des Verkehrs nicht immer eine gute Idee war. Henry hatte auf der Straße einige Beinaheunfälle, aber Adeles schelmische Seite erregte sie nur noch mehr. Sie fand es aufregend zu wissen, dass ihr Mann sie begehrte, von ihr abhängig war und sich nach ihr sehnte. Sie genoss die Macht, die ihr Körper über ihn hatte, und genoss die Art und Weise, wie er sie berührte, sie zärtlich streichelte und mit ihr Liebe machte. Henry war ein rücksichtsvoller Liebhaber, der Adeles Bedürfnisse erfüllte, und sie erwiderte dies in gleicher Weise.

Adele war schon vor ihrer Heirat eine sinnliche Frau gewesen. Henry war ihr erster Partner, aber sie hatte eine lebhafte Fantasie. Sie genoss es, sich selbst zu erregen und zu befriedigen, las erotische Literatur und fantasierte darüber, in die Geschichten verwickelt zu sein. Adeles Finger berührten ihren Körper magisch und sie experimentierte mit Spielzeugen. Da sie aus einer traditionellen Familie stammte, konnte Adele ihre Fantasien nie vollständig ausleben, fand aber Befriedigung in ihrer sexuellen Beziehung mit Henry. Sie probierten gerne neue Dinge im Schlafzimmer aus, um die Dinge aufregend zu halten. Einmal verbrachten sie ein ganzes Wochenende damit, verschiedene Stellungen aus dem Kamasutra auszuprobieren. Adele hatte den Überblick darüber verloren, wie oft sie an diesem Wochenende einen Orgasmus hatte.

Adele hatte eine große Leidenschaft für Sex, aber sie fand noch mehr Freude an der Sinnlichkeit des Ganzen. Sie liebte besonders das Vorspiel, die Liebkosungen und die Berührungen. Sie hatte das Gefühl, dass ihr Körper dazu bestimmt war, angebetet zu werden. Adele und Henry verbrachten viel Zeit damit, sich zu küssen. Henry hatte eine besondere Vorliebe dafür, an ihren Brustwarzen zu saugen und Knutschflecke als Erinnerung an seine Zuneigung zu hinterlassen. Henrys größtes Talent war jedoch sein Zungengeschick. Er hatte große Freude daran, Adeles Intimbereich zu lecken, und sie schätzte ihn dafür noch mehr. Adele rasierte ihr Schamhaar immer, mit Ausnahme eines kleinen dreieckigen Flecks über ihrer Klitoris, den Henry ansprechend fand. Henry schien nie genug von Adeles Muschi zu bekommen. Je feuchter sie wurde, desto mehr leckte er. Ihr Duft fesselte ihn, und jedes Mal benutzte er seine Zunge, um Adele zu neuen Höhen der Lust zu bringen. Adele hatte keine Beschwerden über ihre intimen Momente.

Das war bis jetzt so!

Obwohl sie sich beide sehr liebten, hatte die Intensität ihrer körperlichen Anziehung nach ein paar Jahren nachgelassen. Henrys anspruchsvoller Arbeitsplan und seine häufigen Reisen hatten dazu geführt, dass Adele sich vernachlässigt fühlte. Trotz ihrer unerschütterlichen Loyalität zu Henry ertappte sie sich dabei, dass sie häufiger tagträumte und allein nach Vergnügen suchte. Heute Abend jedoch würde sich das ändern.

Als der Kellner sie zu ihrem Tisch führte, war Adele überrascht. Der Tisch war von Kerzen beleuchtet und in der Ecke spielte ein Violinenensemble romantische Melodien. Im Restaurant wimmelte es von Paaren, die in ihre eigenen romantischen Momente vertieft waren. Sie beobachtete ein Paar, das seine Gläser zum Anstoßen erhob und sich küsste. Ein Lächeln schlich sich auf ihr Gesicht. Der alte Henry war zurückgekehrt.

„Dieser Ort ist ideal, Liebling", sagte sie zu Henry, nachdem der Kellner gegangen war.

„Danke", antwortete er. „Ich weiß, dass das letzte Jahr für Sie eine Herausforderung war, und ich dachte, es wäre schön, Sie an einen einzigartigen Ort zu bringen."

Adele erkundigte sich: „Wo haben Sie dieses schöne Juwel von einem Ort entdeckt?"

„Mein Chef hat es vorgeschlagen. Gelegentlich besucht er diesen Ort mit seiner Frau", antwortete Henry.

„Ich hoffe, er taucht heute Abend nicht auf, sonst müssen Sie beim Abendessen auf Ihr Verhalten achten", bemerkte Adele mit einem schelmischen Grinsen.

Henry hielt Adeles Hand und streichelte sie sanft. Er sagte: „Es stört mich nicht, wenn er zusieht. Vielleicht bekommt er ein paar Tipps." Henry lächelte, als er ihre Hand hob und sie zärtlich küsste.

Adele murmelte leise: „Wie romantisch."

Henry sagte: „Alles ist für dich, meine Liebe", während er sanft seinen Fuß an Adeles Bein entlang bewegte, das in einen Sari gehüllt war. Er machte ihr Komplimente über ihr Aussehen im Kerzenlicht und erwähnte, wie ihre Augen im Widerschein der Kerzen glänzten und sie wirklich göttlich aussehen ließen.

Adele blickte in Henrys Augen und bemerkte, wie ein Ausdruck der Begierde in ihr aufkam. Seine Worte waren wie Honig und entfachten Leidenschaft. Sie freute sich auf ein angenehmes Abendessen. Während der Kellner ihre Bestellung aufschrieb, spürte sie Henrys nackte Füße unter ihrem Sari an ihrem Bein hochwandern. Er hatte diskret seine Schuhe unter der Tischdecke ausgezogen und streichelte nun ihr Bein. Adele kämpfte darum, ihre Fassung zu bewahren, während sie ihre Bestellung fertigstellte. Sie verstand, dass Henry es absichtlich tat, da er es genoss, sie zu necken und in solchen Situationen die Grenzen ihrer sexuellen Kontrolle auszutesten.

Sie hielt seinen Fuß spielerisch fest, indem sie ihre Beine schloss, um ihn zu necken. Es schien, als hätte Henry dies erwartet und kitzelte mit seinem anderen Fuß leicht ihren Bauch, woraufhin Adele reflexartig ihre Beine öffnete. Adele akzeptierte ihre Situation und hielt ihre Beine gespreizt, während Henry seinen Fuß an ihrem Bein entlang bewegte und ihn mit jeder Bewegung langsam höher führte.

Über dem Tisch hielt Henry immer noch sanft Adeles Hand in seiner eigenen. Er blickte Adele in die Augen und genoss ihre Reaktion, als er sie spielerisch und diskret neckte. Er verstand, welche Wirkung seine Handlungen auf sie hatten, und er genoss jeden Moment davon in vollen Zügen. Es war eine Weile her, seit er Adele das Gefühl gegeben hatte, so begehrt zu sein, und er war entschlossen, es unvergesslich zu machen. Adele wusste nicht, dass er dem Kellner bereits ein Trinkgeld gegeben hatte, um sicherzustellen, dass ihr Service absichtlich langsam war. Er wollte die spielerischen Interaktionen mit Adele so lange wie möglich verlängern.

Henry verstärkte seinen Griff um Adeles Hand leicht, während er seinen Fuß nach oben bewegte und sanft ihren Oberschenkel unter dem Tisch massierte. Er war sich bewusst, wie empfindlich Adeles Schenkel waren, und erwartete ihre Reaktion. Er konnte Adeles inneren Kampf spüren.

Adele atmete tief ein. Sie spürte, wie ihr warm wurde. Das Gefühl von Henrys Fuß, der ihre Innenseiten der Oberschenkel streichelte, verursachte einen vertrauten Schmerz in ihren Lenden. Sie spürte, wie sie zu reagieren begann. Ihre Wangen wurden rot und sie wusste, dass Henry es sehen konnte, sogar in dem schwach beleuchteten Raum. Da sie keinen gepolsterten BH trug, begannen ihre steifen Brustwarzen durch ihre Bluse hervorzustechen. Sie rückte ihren Sari zurecht, um sie zu verbergen. Als Henrys Fuß immer näher an ihren von Höschen bedeckten Schritt heranrückte, spürte sie, wie ihre Vagina feucht wurde. Sie hatte sich entschieden, Spitzenhöschen zu tragen. Henry mochte Spitze an ihr am liebsten, aber leider für Adele würden sie bald sehr feucht und unbequem werden. Dann verlagerte Henry seinen Fuß auf Adeles Schritt und begann, seinen großen Zeh an ihrer jetzt feuchten Muschi zu reiben. Adele konnte diese Neckereien nicht mehr lange ertragen.

Adele flüsterte: „Ich frage mich, warum unser Abendessen so lange dauert."

Henry fragte unschuldig lächelnd: „Warum die Eile?"

Adele blieb still, aber der Kellner brachte ihnen auf ihre unausgesprochene Bitte hin Essen und Getränke. Während des Essens neckte Henry Adele spielerisch mit seinem Fuß, was sie erregte. Ihre Brustwarzen schmerzten jetzt an ihrer Kleidung und ihre Unterwäsche war durchnässt. Adele hatte Mühe, sich aufs Essen zu konzentrieren, äußerte jedoch keine Unzufriedenheit. Sie fand Gefallen an der Zuneigung, die sie von Henry erhielt, und fühlte sich wieder von ihm begehrt.

Als der Kellner ihre Teller abräumte und nach ihren Dessertwünschen fragte, schenkte er ihnen nach. Er warf Adele einen Blick zu, die zu erröten schien.

„Madam, geht es Ihnen gut?", fragte er.

„Absolut", stotterte sie. „Ich fand das Essen für meinen Geschmack etwas zu scharf, aber insgesamt hat mir das Abendessen sehr gut geschmeckt." Sie sah Henry an, fügte hinzu: „Entschuldigen Sie mich bitte, ich werde mich schnell auf der Damentoilette frischmachen."

Henry folgte Henrys Zeichen und zog zögernd seinen Fuß unter Adeles Sari hervor, als sie aufstand. Adele ging zur Damentoilette und betrachtete sich sofort im Spiegel. Sie bemerkte, dass ihr Gesicht auffällig rot und gerötet war. Als sie ihr Sarisoberteil zurechtrückte, stellte sie fest, dass ihre Bluse feucht vom Schweiß war, der sich auf ihrer Brust gesammelt hatte. Nachdem sie sich mit einer Serviette abgetupft hatte, ging sie zu einer Kabine. Nachdem sie die Tür geschlossen hatte, zog sie ihren Sari hoch und bemerkte, dass ihre Unterwäsche völlig nass war und zwischen ihren Pobacken eingeklemmt war. Es würde unbequem werden, darin zu laufen. Henry hatte sie sicherlich auf den Abend vorbereitet und sie war mehr als bereit, mitzumachen. Als sie die Kabine verließ, frischte Adele ihr Make-up auf und kehrte anmutig zu ihrem Platz zurück.

„Geht es Ihnen besser?“, fragte Henry mit einem schelmischen Grinsen.

„Mir geht es gut, danke“, antwortete Adele listig. Sie lehnte sich zurück, nahm ein kleines Päckchen aus ihrer Tasche und gab es Henry. „Ein Zeichen der Anerkennung für alles, was Sie getan haben, Sir. Nur um das klarzustellen, das ist nur eine Kostprobe.“

Henry blickte auf seine Hände und sah, dass er ein feuchtes Paar schwarzer Spitzenhöschen mit einem vertrauten und verführerischen Duft in den Händen hielt. Er schloss die Augen, hob das Höschen an seine Nase und atmete tief ein. Adele bemerkte, wie er ihren weiblichen Duft genoss, was sie noch mehr erregte. Dann öffnete er die Augen und winkte dem Kellner zu.

„Könnten Sie uns bitte unsere Desserts zum Mitnehmen einpacken und uns auch die Rechnung bringen?“, bat Henry den Kellner.

„Warum die Eile?“, fragte Adele listig, als sie die Ungeduld ihres Mannes bemerkte, der jetzt sehr begierig auf Sex war.

Henry bezahlte die Rechnung und zog Adele dann praktisch zum Auto. Die Heimfahrt verlief schnell und Adele legte während der ganzen Fahrt ihre Hand auf Henrys Oberschenkel.

Als sie zu Hause ankamen, hob Henry Adele hoch und führte sie direkt ins Schlafzimmer. Er legte sie sanft auf das Bett, zog seine Jacke aus und küsste dann seine Frau liebevoll.

Adele erlebte einen Ansturm von Gefühlen, als ihr Mann sie küsste. Sie umarmte ihn fest und küsste ihn dann leidenschaftlich zurück. Henry erwiderte den Kuss mit gleicher Intensität, während sie sich voll bekleidet im Bett ihren ureigensten Gelüsten hingaben. Henry beendete ihren Kuss und begann stattdessen, Adeles Hals sanft zu küssen. Er folgte einem feuchten Pfad von ihrem Ohr zu ihrem Hals und bewegte sich dann auf die andere Seite, wobei er ihr sanft ins Ohr blies.

Adele stieß einen lustvollen Seufzer aus. Henry küsste sie auf den Hals und beobachtete zufrieden die pochende Ader. Er bewegte sich tiefer und küsste ihren Hals erneut. Er ging noch tiefer und löste dann das Oberteil des Saris, das Adeles wogende Brust bedeckte. Adele bemerkte, dass Henry begann, seinen Gelüsten zu erliegen. Er wickelte den Sari weiter auf und enthüllte ihre entblößte Bluse. Sie konnte die pure Lust in seinen Augen sehen.

Henry widerstand der Versuchung, die Bluse aufzureißen, und öffnete stattdessen geschickt die drei Haken, um die von einem BH bedeckte Brust seiner Frau freizulegen. Adeles schwarzer Spitzen-BH verbarg ihre dunklen, steifen Brustwarzen nicht. Ihr Dekolleté war verschwitzt und warm, und ihre Brüste bewegten sich bei jedem Atemzug auf und ab. Adele glaubte, dass ihre Brüste Henry mit jedem Atemzug mehr verlockten. Henry zog die BH-Träger von Adeles Schultern und entfernte rasch die BH-Körbchen, um ihre Brüste aus ihrer Enge zu befreien.

Adele war sich der beeindruckenden Erscheinung ihrer Brüste bewusst. Sie ergänzten ihre Figur perfekt und zogen immer die Aufmerksamkeit auf sich, wenn sie ausging. Der Kontrast zwischen ihren dunklen Brustwarzen und ihrer hellen Haut war auffällig, und ihre Brustwarzen waren ziemlich groß und standen fast einen Zentimeter hervor, wenn sie erregt war. Sie war sich auch bewusst, dass Henry eine starke Vorliebe für ihre Brüste hatte und es genoss, an ihnen zu saugen. Adele schloss die Augen und spürte, wie Henry begann, ihre Brüste mit seinen festen Händen zu massieren. Das Gefühl seines heißen Mundes, der sich um ihre Brust schloss, und seiner Zunge, die ihre Brustwarze leckte, ließ ihre harte Brustwarze als Reaktion zucken. Sie spürte, wie ihr Körper lebendiger wurde, und ihre nackte Muschi sonderte Säfte ab, die ihre Beine hinunter und auf den Innenrock ihres Saris flossen.

Henry ließ endlich das Verlangen los, das er immer für seine Frau gehegt hatte, und saugte gierig an Adeles Brust. Er wechselte von einer Brust zur anderen, unfähig, satt zu werden. Während er an einer Brust saugte, massierte er die andere mit seinen Händen. Er drückte sanft eine Brustwarze mit seinen Fingern und knabberte gleichzeitig leicht an der anderen. Adele reagierte auf jeden Biss, erfüllt von einer Mischung aus Schmerz und Lust, mit einem scharfen Einatmen. Henry genoss es, seine Frau so vollständig befriedigen zu können, was sein Verlangen nur noch mehr anfachte.

Adele erwachte und sah, wie Henry den Sari aufknotete und ihn in einem unordentlichen Stoffhaufen fallen ließ. Geschickt löste er den Knoten des Innenrocks und zog ihn rasch nach unten, wodurch ihre feuchte Weiblichkeit in all ihrer Pracht zu seinem Vergnügen enthüllt wurde.

Henry rief begeistert aus: „Oh meine Güte!“

Er lockerte rasch seine Krawatte, zog sein Hemd aus und positionierte sich mit nacktem Oberkörper zwischen Adeles gespreizten Beinen. Adele spürte, wie die Vorfreude in ihr wuchs, als sie spürte, wie ihr Intimbereich zitterte. Sie spähte zwischen ihre Beine und beobachtete, wie Henry sie auseinander spreizte. Sie beugte ihre Beine und ließ sie zur Seite fallen. Henry begann sanft ihre Innenschenkel von den Knien bis zu ihrem Intimbereich zu lecken und vermied dabei neckisch direkten Kontakt. Er fuhr fort, sie spielerisch zu reizen.

„Oh Henry, ich flehe dich an, hör auf, mich zu ärgern. Ich kann das nicht ertragen. Du machst mich so an, bitte erlaube mir, deine Zunge zu spüren“, keuchte Adele.

Henry fragte mit tiefer Stimme: „Bitte lass mich wissen, was du von mir möchtest.“

„Leck meine Muschi! Schmecke die Flüssigkeiten, die ich produziere. Steigere meine Erregung und sauge an meiner Klitoris. Bring mich auf deinem Gesicht zum Höhepunkt“, stöhnte Adele und gab sich ihren Wünschen hin.

Henry ließ seine Zunge langsam von unten nach oben über Adeles feuchte Muschi gleiten. Adele stieß einen urtümlichen Lustlaut aus.

„OOOHHHHHHH!!!!!!!! Ich brauche mehr, ich will mehr!“

Henry lauschte den Lustlauten seiner Frau und streichelte mit der Zungenspitze ihren Intimbereich. Ihre Genitalien öffneten sich wie eine blühende Blume für ihn und er erkundete eifrig ihre Nässe, sehr zu Adeles Freude. Er bewegte seine Zunge so tief wie möglich und genoss ihre Essenz, die auf seine Zunge tropfte. Er bewegte seine Lippen zu ihrer Muschi und küsste ihre zitternde Weiblichkeit. Er ließ seine Zunge entlang gleiten und stimulierte sanft Adeles empfindliche Stelle. Wenn Adeles empfindliche Stelle erregt war, wurde sie fast einen halben Zoll breit und nahm einen leuchtend roten Farbton an. Henry hatte gelernt, dies als Zeichen von Adeles gesteigerter Erregung zu interpretieren und schloss sanft seine Lippen um die pulsierende Stelle.

„Ohh ja!“ war alles, was Adele hervorbrachte, als sie zwischen ihre Beine griff und Henrys Gesicht zu ihrem Genitalbereich führte. Sie schlang ihre Beine um seinen Kopf und zog ihn so nah wie möglich an sich heran, während sie spürte, wie ihr Orgasmus mit intensiver Kraft näher kam.

„Ich komme gleich, Baby. Bitte, bitte tu es“, keuchte sie.

„Ja, komm auf mein Gesicht“, murmelte Henry, während er sie weiter leckte. Er konnte sehen, wie ihre Klitoris mit jedem Zug seiner Zunge röter wurde. Adele war kurz vor dem Orgasmus. Henry hielt ihre Beine auseinander, als sie auf seinem Gesicht kam. Adele war eine Spritzerin und er genoss es, wenn sie in seinen Mund kam. Ihre Säfte schmeckten süß und er fühlte sich glücklich, mit einer Frau mit solch einer Fähigkeit verheiratet zu sein.

Adele schauderte, als die Lust ihren Körper erfasste. Henry hörte auf, sie zu lecken und legte sich neben sie, um sie festzuhalten. Adele bewunderte Henrys gutes Aussehen und schätzte es, wie er für sie fit blieb. Jetzt war es an der Zeit, sich zu revanchieren.

Adele ließ Henry sich hinlegen und öffnete dann seine Hose und Jeans. Sie zog ihm rasch Hose und Unterwäsche aus und schluckte seinen teilweise erigierten Penis ohne Verzögerung.

Henry stöhnte und rief: „Oh ja, mach schon! Lutsch diesen Schwanz!“

Adele genoss es, Henry oral zu befriedigen, indem sie ihre Zunge an seinem Penis entlanggleiten ließ, bis er völlig erregt war. Anders als manche andere war Henry unbeschnitten, also zog Adele seine Vorhaut mit der Hand zurück und leckte die freiliegende Eichel, aus der nun Vorsaft sickerte. Adele hatte große Freude daran, Henrys Reaktionen auf ihre orale Technik zu beobachten. Sie nahm seinen Penis in den Mund und leckte ihn bis hinunter zu seinen Hoden. Da sie wusste, wie sehr Henry das genoss, tat sie etwas, das ihn immer wieder wild machte – sie saugte an seinen Hoden, einem nach dem anderen, während sie ihren Finger sanft gegen seinen Anus direkt darunter drückte.

„Argh!!“, stöhnte Henry, als seine Erektion als Reaktion noch größer wurde.

Adeles Augen weiteten sich vor Verlangen, als sie Henrys Penis vor sich sah. Sie hörte auf, an seinen Hoden zu saugen und setzte sich auf Henry. Dann erhob sie sich und ließ sich langsam auf seinen Penis sinken, während sie spürte, wie er sie ausfüllte. Oben zu sein war Adeles bevorzugte Position, weil sie das Tempo und die Tiefe ihres Geschlechtsverkehrs kontrollieren konnte. Sie nahm seine ganze Länge in sich auf und ließ ihren Körper sich an seinen geschwollenen Schaft anpassen. Henry setzte sich auf und umarmte Adele, während er die Weichheit ihrer Haut um seinen Penis spürte.

Henry fand diese Stellung lustvoll, weil er Adeles Intimbereiche erkunden und gleichzeitig mit ihren verführerischen Brüsten spielen konnte. Während Adele sich auf seinem Penis bewegte, gab sich Henry dem Saugen an ihren Brustwarzen hin. Henry war von seiner Lust überwältigt und seine Leidenschaft erregte Adele sehr. Bei jeder Bewegung rieb Adele ihre Klitoris an ihm und empfand Lust, als seine Zunge ihre Brustwarzen reizte.

Als sie mit Henry Liebe machte, begann Adele ihre Vaginalmuskeln anzuspannen, und als Reaktion darauf steigerte Henry die Intensität des Saugens an ihren Brustwarzen. Sie spürte, wie sein Penis in ihr zuckte, und erkannte, dass Henry kurz vor dem Höhepunkt stand. Er war kurz vor dem Ejakulieren, füllte ihre sehnsüchtige Vagina mit seiner Männlichkeit und brachte sie an den Rand ihrer eigenen Lust.

Henry spürte, dass sein Orgasmus näher kam, umarmte Adele fest um die Taille und ermutigte sie, sich intensiver zu bewegen. Er spürte, wie ihre Nässe an seinem Penis hinunterlief. Er näherte sich dem Höhepunkt, und seine Hoden wurden immer gespannter. Es war nur noch eine Frage von Augenblicken!

„AAAAARRHHHHH!!!!!!!“, rief Henry mit solcher Kraft, dass Adele völlig überrumpelt war. Sie rieben sich aneinander und erreichten beide gleichzeitig den Höhepunkt. Sie umarmten sich fest und fanden Trost in den Wellen der Lust, die sie gemeinsam erlebten, und waren dankbar für ihr Glück.

„Das war großartig“, sagte Henry.

Adele löste ihre Umarmung und küsste ihn sanft auf die Lippen. Sie drückte ihre Liebe für ihn aus, bevor sie sich zurückzog. Dann krochen sie beide nackt, verschwitzt und nass unter die Decke.

„Ich habe eine Überraschung für Sie“, sagte Henry nach einigen Augenblicken des Schweigens. Adele sah ihn an.

„Das Projekt, an dem ich beteiligt war, ist fast abgeschlossen und die letzten Gespräche werden nächste Woche in Indien, an einem Ort namens Goa, geführt. Wir werden dort etwa fünf Tage bleiben und das Unternehmen organisiert für uns eine Unterkunft in einem luxuriösen 5-Sterne-Hotel. Es ist ein fantastischer Ort, sehen Sie sich die Broschüre an“, fügte er hinzu.

Henry gab Adele eine Broschüre, die er vom Nachttisch genommen hatte.

Adele begann darin zu blättern. Ein luxuriöses Strandresort in Goa mit 5-Sterne-Unterkünften.

Zu den Annehmlichkeiten in den Zimmern gehören Zimmerservice, warmes und kaltes Wasser, Telefon, Faxgerät, Fernseher, Safe, Musikkanäle, Tee- und Kaffeemaschine, Minibar, Internetzugang und Zimmer mit Meerblick und Balkon.

Zu den weiteren Annehmlichkeiten gehören ein Businesscenter, Bankett- und Konferenzeinrichtungen, eine Einkaufspassage, ein Fitnessstudio, ein Swimmingpool, Tennisplätze, ein Golfplatz und Wassersportaktivitäten.

„Dieser Ort sieht wundervoll aus“, rief sie aufgeregt.

Henry bestätigte: „Ja, das ist er. Außerdem haben wir das Privileg, alle Einrichtungen des Resorts kostenlos nutzen zu können. Ich bin mir bewusst, dass dieses Jahr für Sie schwierig war, und ich versichere Ihnen, dass diese Reise Sie für alle Herausforderungen entschädigen wird, denen Sie sich stellen mussten. Ich werde tagsüber mit der Arbeit beschäftigt sein, sodass Sie die Möglichkeit haben, am Pool oder im Fitnessstudio zu entspannen. Abends können wir uns entspannen und eine schöne Zeit zusammen verbringen."

„Einverstanden, lass uns gehen", antwortete Adele. „Ich bin sicher, diese Reise wird unvergesslich."

Adele widmete die folgende Woche dem Einkaufen und den Reisevorbereitungen. Sie kaufte Badeanzüge, Trainingskleidung, Abendgarderobe und verführerische Dessous für intime Momente mit Henry. Sie war aufgeregt und freute sich mit großer Begeisterung auf die Reise.

Henry und Adele landeten in Goa, Indien, kamen am späten Sonntagabend in ihrem Hotel an und richteten sich in ihrer Unterkunft ein. Ihr Zimmer übertraf ihre Erwartungen mit seiner luxuriösen Ausstattung, darunter ein Kingsize-Bett, Vintage-Beleuchtung und ein Großbildfernseher.

„Oh Henry, das ist fabelhaft!", rief Adele aus.

Henry grinste und rief: „Das ist erst der Anfang. Das Hotel bietet alle Annehmlichkeiten und macht diese Woche zur luxuriösesten, die Sie je erlebt haben."

Adele und Henry richteten sich im Zimmer ein, und da Henry am nächsten Tag früh aufstehen musste, beschlossen sie, ins Bett zu gehen. Adele kuschelte sich eng an Henry, als sie beide nach einem anstrengenden Reisetag einschliefen.

Adele wachte spät auf und stellte fest, dass Henry bereits zur Arbeit gegangen war. Adele entschied sich für etwas

Verwöhnung und bestellte ihr Frühstück beim Zimmerservice. Sie entspannte sich im Bett und trug den Seidenmantel, den das Hotel ihr gegeben hatte. Nachdem sie ihr Frühstück beendet hatte, beschloss Adele, die Einkaufspassage zu erkunden. Die Passage war großartig und voller bekannter Designermarken, die hauptsächlich Ausländer bedienten. Es gab hochwertige Bekleidungsgeschäfte, gehobene Restaurants sowie einige einzigartige Geschäfte, die auf die Vorlieben der Westler eingingen.

Getrieben von ihrer Neugier beschloss Adele, eines dieser Geschäfte zu erkunden und war sofort beeindruckt. Im vorderen Teil des Ladens war eine große Auswahl an aufwendiger und einzigartiger Unterwäsche zu finden. Es gab Nachthemden, die unglaublich freizügig waren. Der Stoff war so weich, dass er ihr fast durch die Finger zu fließen schien, und sie konnte sich nur vorstellen, wie luxuriös er sich auf ihrer Haut anfühlen würde. Allein der Gedanke, einen solchen Stoff zu tragen, ließ ihre Brustwarzen steif werden.

Adele stöberte weiter im Laden herum und im hinteren Teil des Ladens stieß sie auf eine Reihe von Neuheiten für Erwachsene, wie intime Spiele, intime Spielzeuge, Hilfsmittel für verheiratete Paare und eine Auswahl an Videos für Erwachsene. Adele spürte, wie ihr Gesicht rot wurde. In der hintersten Ecke des Ladens gab es Produkte für sexuelle Fetische wie Dominanz und Bondage, darunter Handschellen, Lederpeitschen, Masken und Brustwarzenklammern. Adele fühlte sich jetzt extrem warm und erregt. Sie hatte das Gefühl, als wären alle Augen im Laden auf sie gerichtet, was sie dazu veranlasste, den Laden zu verlassen und frische Luft zu schnappen.

Um sich zu erfrischen, entschied sich Adele, am Pool zu entspannen. Sie ging zum Umkleidebereich des Pools, um ihren Bikini anzuziehen. Adele zog ihre nasse Unterwäsche aus und zog ihren Badeanzug an, bevor sie zu einem Liegestuhl am Pool schlenderte. Nach einem kurzen Bad und einigen Runden kam Adele aus dem Pool und genoss den Rest des Tages am Pool. Ihr Mittagessen wurde ihr serviert und sie wartete ungeduldig auf Henrys Ankunft.

Als Adele am Abend in ihr Zimmer zurückkehrte, fand sie eine Nachricht von Henry vor, in der er sie darüber informierte, dass er Überstunden machen und ihre Pläne für den Abend absagen müsse. Obwohl Adele enttäuscht war, entschied sie sich, ihren Unmut nicht zu äußern. Sie entschied sich, den Abend im Fitnessstudio zu verbringen, gefolgt von einer schnellen Dusche in ihrem Zimmer und machte es sich dann gemütlich, um das Abendessen zu genießen, während sie Filme im Kabelfernsehen ansah.

Henry kam ungefähr um Mitternacht an, während Adele sich darauf vorbereitete, ins Bett zu gehen.

„Ich entschuldige mich, meine Liebe“, rief er frustriert aus. „Diese Verhandlungen erweisen sich als schwieriger als erwartet. Das Thema ist sehr heikel und selbst der kleinste Fehler könnte die Vereinbarung gefährden. Ich fühle mich im Moment extrem müde. Trotz meines Versprechens, Zeit mit Ihnen zu verbringen, bin ich einfach erschöpft.“

Adele hörte ihm still zu, bevor sie ihn umarmte. Sie beruhigte ihn und sagte: „Sie brauchen sich keine Sorgen um mich zu machen. Wir haben noch ein paar Tage. Wir können das nachholen.“

Leider blieb die Situation unverändert. In den nächsten drei Tagen folgte Henry derselben Routine, was Adele immer mehr verärgerte. Obwohl sie zusammen auf einer Reise waren, hatte Henry keine schöne Zeit mit ihr verbracht oder ihr körperliche Zuneigung gezeigt. Er kam spät abends in ihr Zimmer zurück, erschöpft und kaum bei Bewusstsein. Jeden Morgen ging er vor sieben und kam erst um Mitternacht zurück, wodurch Adele sich vernachlässigt fühlte. Dieser Mangel an Aufmerksamkeit verletzte Adele und ließ sie sich ungeliebt fühlen. Sie glaubte, dass Henry seine Karriere über ihre Beziehung stellte, was dazu führte, dass ihre Geduld und ihr Verständnis in Bitterkeit umschlugen. Als Adele erkannte, dass ihre eigenen Bedürfnisse nicht erfüllt wurden, fühlte sie sich von Henry, der sie für selbstverständlich zu halten schien, missachtet.

Am Tag vor ihrer Abreise aus Goa wachte Adele mit einem sehr verbitterten Gefühl auf. Sie glaubte, die ganze Reise sei umsonst gewesen und Henry habe seine Versprechen nicht eingehalten. Das Frühstück im Bett war für sie zu einer alltäglichen Angelegenheit geworden. Nach einer schnellen Dusche beschloss sie, sich selbst zu verwöhnen. Wenn Henry sich schon nicht um sie kümmern würde, war sie entschlossen, dafür zu sorgen, dass sie sich amüsierte.

Adele besuchte das Fitnessstudio und beschloss, alle Einrichtungen zu nutzen, die es für den Tag zu bieten hatte. Beim Betreten war Adele von der Atmosphäre des Ortes beeindruckt. Die Luft war angenehm und hatte einen beruhigenden Duft. Die Einrichtung war tadellos eingerichtet und die Mitarbeiter waren hochqualifiziert. Adele bemerkte auch, dass das indische Personal, genau wie die internationalen Kunden, attraktiv war. Die Männer waren gut präsentiert und strahlten einen höflichen Charme aus, während die Frauen anmutig waren und einen fesselnden Reiz hatten.

„Guten Tag, Madam. Willkommen im Goa Health Club", begrüßte sie eine sanfte Frauenstimme. „Welche Hilfe benötigen Sie heute?"

Adele sah sich um und bemerkte eine gut gekleidete Mitarbeiterin, die sie herzlich anlächelte. „Danke", antwortete sie. „Ich bin neu hier und wollte mich verwöhnen lassen. Können Sie mir helfen?"

„Ich bin überzeugt, dass wir Ihre Bedürfnisse effektiv erfüllen können. Unser professionelles Team ist in der Lage, alle Ihre Anforderungen zu erfüllen. Bitte folgen Sie mir." Sie gingen in den eleganten Loungebereich, wo sie Informationen über die verfügbaren Dienstleistungen gab.

„Wir bieten eine breite Palette von Dienstleistungen an, darunter Haarpflege, Maniküre, Pediküre und Ganzkörpermassagen. Unsere Massagen reichen von therapeutischen Behandlungen bis hin zu wohltuenden Öl- und Aromatherapiesitzungen. Darüber hinaus haben wir ein Dampfbad, eine Sauna und einen Whirlpool. Sind Sie an einem dieser Angebote interessiert?"

Adele sah sie erstaunt an und fragte: „Wow! Kann ich das gesamte Paket kaufen?"

„Natürlich, Madam. Nur damit Sie es wissen, ich bin Mahika und eine der Service-Spezialistinnen, auf die Sie sich verlassen können. Wenn Sie etwas brauchen, werde ich dafür sorgen, dass Sie es bekommen. Da Sie alles suchen, schlage ich vor, dass Ihnen für den Tag ein oder zwei persönliche Assistenten zugewiesen werden. Sie sind Experten in ihren Rollen und Sie werden gut versorgt sein. Möchten Sie lieber männliche oder weibliche Assistenten?"

Adele hatte Lust, sich etwas zu gönnen, und obwohl sie nicht an etwas Sexuelles dachte, sagte sie: „Ich hätte auch nichts dagegen, wenn das okay ist."

„Betrachten Sie es als erledigt", erklärte Mahika. Mit Ihrer Erlaubnis darf ich Ihre Helfer holen.

Adele fühlte sich benommen. Sie würde den ganzen Tag lang wie eine Königin verwöhnt werden.

Mahika kam nach ein paar Augenblicken zurück und wurde von einem Mann und einer Frau begleitet.

„Das ist Kushaan und das ist Shivan", sagte sie und zeigte auf den Mann bzw. die Frau. „Sie werden sich heute um Sie kümmern."

Adele warf beiden einen Blick zu und grinste. Sie zeigten beide ein sehr höfliches und zuvorkommendes Lächeln. Kushaan hatte eine helle Haut und einen durchschnittlichen Körperbau, war etwa 1,73 m groß und hatte bezaubernde Augen. Adele beobachtete seine langen Finger und fragte sich, wie sie sich anfühlen würden. Shivan erwies sich ebenfalls als bemerkenswert attraktiv. Sie hatte langes schwarzes Haar und eine schlanke Figur, war nur etwa 1,57 m groß. Shivan hatte ein fröhliches Gesicht mit großen braunen Augen, einer kleinen Nase und perfekten Zähnen. Obwohl Adele sich noch nie zu einer anderen Frau hingezogen gefühlt hatte, konnte sie nicht leugnen, dass Shivan einen gewissen Charme hatte, der sie anzog.

Adele begrüßte sie mit den Worten „Freut mich, Sie beide kennenzulernen“, während sie ihnen die Hände schüttelte.

Mahika fuhr fort: „Erlauben Sie mir, Ihnen den Zeitplan mit dem gesamten Paket vorzulegen. Der Tag beginnt mit einer Maniküre/Pediküre und einer Gesichtsbehandlung. Danach folgt ein Aufenthalt im Dampfbad und ein entspannendes Bad im Whirlpool. Als Nächstes steht eine Aromaölmassage auf dem Programm und der Tag endet mit einer Haarstyling-Sitzung. Erfrischungen und Mahlzeiten sind im Paket enthalten. Ist dieser Plan für Sie akzeptabel?

„Auf jeden Fall!“ Adele lächelte glücklich.

„Kushaan und Shivan, könnten Sie beide bitte damit fortfahren? Madam, ich vertraue darauf, dass Sie einen angenehmen Abend haben werden. Wenn Sie noch etwas benötigen, zögern Sie nicht, es uns mitzuteilen“, sagte Mahika, bevor sie den Ort verließ.

Kushaan wies Adele dann mit den Worten „Folgen Sie mir, Madam“ an und führte sie beide zu einem Platz in der Station, von dem aus man einen schönen Blick auf den Strand hatte. Obwohl sich die Anlage im Gebäude befand, konnte Adele dennoch das beruhigende Geräusch der Meereswellen hören.

Shivan gab Adele einen weißen Morgenmantel. „Sie werden eine Weile hier bleiben, also ist es eine gute Idee, sich wie zu Hause zu fühlen. Ich bringe Sie in unsere Umkleidekabine.“

Adele begleitete Shivan in die Kabine und zog Rock und Bluse aus. Unterwäsche und BH behielt sie an und bedeckte sie mit einem Bademantel. Sie fühlte sich etwas verletzlich und blickte Shivan nervös an.

„Es ist in Ordnung, Madam. Wir sind hier alle hochqualifizierte Individuen, auch die Herren. Niemand wird Sie anstarren", beruhigte er sie. Dann sagte er beiläufig lächelnd: „Es sei denn, Sie möchten es." Sie reichte Adele die Hand, die sie annahm, und folgte ihr zurück in ihren zugewiesenen Bereich.

Kushaan hatte den Arbeitsplatz eingerichtet und die Vorhänge geschlossen, um einen teilweise privaten Bereich für Adele zu schaffen. Sie konnte noch immer das Meer sehen, aber niemand sonst konnte es sehen. Kushaan sah sie an und lächelte. Er sagte: „Ich dachte, Sie würden bei Ihrem ersten Mal vielleicht etwas Privatsphäre zu schätzen wissen."

„Das ist sehr rücksichtsvoll von Ihnen, danke", sagte Adele und spürte, wie ihre Sorgen verflogen. Kushaan und Shivan waren wirklich aufmerksam und vorausschauend und verstanden Adeles Wünsche, noch bevor sie selbst welche hatte.

Adele ließ sich in ihrem bequemen Liegestuhl nieder. Sie lehnte sich leicht zurück und begann, sich um ihre Nägel zu kümmern. Kushaan trat hinter Adele und begann, ihr eine wohltuende Nacken- und Schultermassage zu geben. Adele fühlte sich verwöhnt und besonders, wie eine Königin. Sowohl Shivan als auch Kushaan waren unglaublich sanft in ihrem Handeln. Kurz darauf kam ein anderer Mitarbeiter mit einem Glas Wein für Adele, das sie dankbar annahm.

Adele bemerkte: „Hier wird für alles gesorgt."

Shivan antwortete: „Ich werde alles tun, damit Sie sich wohlfühlen." Adele lächelte nur. Dann fragte sie: „Was hat Sie nach Goa geführt, Madam?"

Shivans Lächeln verschwand langsam und wurde durch einen Anflug von Bitterkeit in ihrem Blick ersetzt. „Obwohl ich mit meinem Mann hier bin, war er mit seinen beruflichen Verpflichtungen beschäftigt, sodass wir keine schöne gemeinsame Zeit verbringen konnten. Wir hatten geplant, dass dies ein unvergesslicher Kurzurlaub wird, aber stattdessen war ich größtenteils allein. Da wir morgen abreisen, habe ich beschlossen, mich heute zu verwöhnen. Es ist wichtig für eine Frau, der Selbstpflege Priorität einzuräumen", bemerkte sie und ihre Augen trafen Shivans.

„Wir werden dafür sorgen, dass Sie gut versorgt sind und alle Ihre Bedürfnisse heute erfüllt werden", antwortete Shivan mit einem Lächeln und blickte Kushaan an. „Sagen Sie uns einfach Bescheid, wenn Sie etwas für Ihr Vergnügen möchten."

Adele genoss ein Glas Wein, während Kushaan ihren Nacken massierte, was ihr ein Gefühl der Entspannung gab. Das Gefühl seiner Berührung war so wohltuend, dass Adele sich immer mehr entspannen und in einen Zustand der Zufriedenheit gelangen konnte. Alle negativen Gefühle, die sie Henry gegenüber hatte, begannen zu verschwinden.

Shivan massierte gekonnt Adeles Finger, legte ihre Hand sanft in eine Schüssel mit warmem Wasser und begann dann, ihre weichen Nagelhäutchen zu beruhigen. Adele war angenehm überrascht von Shivans perfektem Druck und seiner zarten Berührung. Es war klar, dass Shivan ein großes Talent für Massagen hatte. Shivan schloss die Augen, entspannte sich, nahm einen Schluck von ihrem Wein und genoss das Verwöhnerlebnis.

Nachdem Shivan mit einer Hand fertig war, näherte er sich der anderen Seite. Adele hörte, wie sie leise mit Kushaan sprach, der sich dann zu Adeles Füßen kniete und begann, sie zu massieren. Das war eine völlig neue Erfahrung für Adele, da sie noch nie zuvor von jemandem ihre Füße massiert bekommen hatte, nicht einmal von Henry. Adele war erstaunt, als sie spürte, wie die Anspannung nachließ, als Kushaans geschickte Finger ihre Fußsohlen genau an den richtigen Stellen bearbeiteten. Seine festen Hände bearbeiteten sanft ihre empfindlichen Zehen und demonstrierten sein Können. Adele war vollauf dankbar dafür, wie wunderbar er sie sich fühlen ließ.

Adele fühlte sich vollkommen wohl, als Shivan von Kushaan übernahm und ihre Pediküre an ihren Füßen machte. Kushaan machte sich unterdessen daran, ihre gut manikürten Finger zu massieren. Wie eine Königin verwöhnt zu werden, war ein Traum, den Adele sich schon immer gewünscht hatte, aber bis jetzt noch nie verwirklicht hatte. Es war, als würde einer ihrer sehnlichsten Kindheitswünsche endlich in Erfüllung gehen.

Nachdem Adeles Nagelbehandlung beendet war, war es Zeit für ein Dampfbad. Shivan erwähnte, dass die Dampfbadbereiche nach Geschlechtern getrennt waren, also beschloss Kushaan zu gehen. Adele war etwas enttäuscht, als er ging.

„Danke, Kushaan. Ihre Hände sind unglaublich", bedankte sie sich bei ihm.

Kushaan lächelte und streckte seine Hand aus. „Danke, Madam." Adele nahm seine Hand und Kushaan überraschte sie, indem er sie hochhob und ihr einen sanften Kuss gab. „Es war eine Freude. Wenden Sie sich gerne an mich, wenn Sie weitere Hilfe benötigen", sagte er mit einem Glanz in den Augen.

Als Adele ihn gehen sah, hörte sie, wie Shivan sie anwies, ihm in einen abgeschlossenen Bereich im hinteren Bereich zu folgen. Als sie eintrat, fand sich Adele in einer Umkleidekabine wieder. Shivan führte sie zu einem bestimmten Schließfach und gab ihr dann ein Handtuch.

„Waren Sie schon einmal in einem Dampfbad?", fragte Shivan.

„Nein, das ist mein erstes Mal", antwortete Adele.

„Okay, kein Grund zur Sorge", erklärte Shivan. „Sie können Ihren Bademantel ausziehen und sich mit einem Handtuch bedecken. Viele unserer Kunden ziehen ihren BH aus. Einige ziehen jedoch ihre Unterwäsche unter dem Handtuch an. Bitte tun Sie, was Ihnen am besten gefällt. Im Dampfbad werden Sie vielleicht feststellen, dass manche Gäste lieber ganz nackt sind. Das ist eine gängige Praxis, also besteht kein Grund zur Beunruhigung."

„Ich bin hier, um das Beste aus dieser Erfahrung zu machen und neue Dinge zu entdecken, also warum nicht", sagte Adele, als sie ihren BH auszog. Sie beobachtete, wie Shivan kurz auf ihre Brüste blickte, bevor sie ihren eigenen BH und Bademantel auszog und in den Spind legte. Adele wickelte sich dann in ein Handtuch, zog ihr Höschen aus und verstaute es im Spind, bevor Shivan ihn abschloss und den Schlüssel in ihre Tasche steckte.

„Das Dampfbad ist eine großartige Möglichkeit, Ihre Poren zu öffnen, aber übertreiben Sie es nicht. „Wir haben ein Zeitlimit von 30 Minuten, danach werde ich dich abholen“, informierte Shivan Adele, bevor er sie ins Dampfbad führte.

Als sie drinnen war, war Adele von Dampf umgeben und es dauerte einen Moment, bis sich ihre Atmung und ihre Augen an die feuchte Umgebung gewöhnt hatten. Der Raum war hauptsächlich von ausländischen Frauen besetzt, von denen einige ihre Handtücher bereits abgenommen hatten, während die indischen Frauen ihre anbehielten. Trotz dieses Unterschieds hatten alle Frauen die Augen geschlossen und schienen in einem Zustand der Entspannung zu sein.

Adele bemerkte, dass der Raum von Holzbänken gesäumt war, in deren Mitte ein Kohlendampfer stand. Der Dampf roch nach Sandelholz, was sie glauben ließ, dass er für zusätzliches Aroma hinzugefügt wurde. Als sie einen Platz auf einer Bank fand, fühlte sie sich in ihrem Handtuch etwas schüchtern. Sie verschränkte die Arme und Beine und schloss wie die anderen Frauen im Raum die Augen. Der Dampf schien ihre Haut zu erfrischen und ließ sie schwitzen.

Adele fühlte sich etwas gewagt, also kreuzte sie die Beine und spreizte sie leicht. Der Dampf begann in ihr Handtuch zu sickern und berührte sanft ihren Intimbereich. Es fühlte sich geheimnisvoll an und ließ sie sich wie ein Teenager fühlen, der seine Sexualität erforscht. Ihre Sinne waren geschärft und sie entspannte sich und ließ die Arme an den Seiten ruhen. Der Dampf streichelte ihre Innenschenkel und erregte sie. Adeles sexuelles Verlangen wurde stärker, also beschloss sie, ihr

Handtuch abzunehmen und den Dampf ihren nackten Körper umhüllen zu lassen. Ihre Brustwarzen wurden hart, als der Dampf über sie hinwegströmte. Schweißperlen auf ihrer Brust ließen ihre Haut im sanften Licht glänzen. Als Adele nach unten sah, bemerkte sie, wie sich kleine Tropfen auf ihrem Bauch bildeten und zu ihrem ordentlich gestutzten Schamhaar hinunterrollten. Diese Erfahrung entfachte Adeles Verlangen neu.

Adele war tief in Gedanken versunken, als sie eine schwache Stimme sagen hörte: „Entschuldigen Sie, Madam, Ihre 30 Minuten sind vorbei. Es ist Zeit für Ihr Bad im Whirlpool."

Adele öffnete die Augen und sah, dass Shivan sie anstarrte. Etwas verlegen bedeckte Adele sich schnell.

Shivan hat ihr Unbehagen vielleicht gespürt. „Bitte machen Sie sich keine Sorgen, Madam. Sie haben nichts falsch gemacht. In diesem Etablissement geht es darum, Ihren größtmöglichen Komfort zu gewährleisten und auf die Bedürfnisse Ihres Körpers einzugehen. Es ist eine unglaublich ruhige Umgebung. Ich lasse mich hier auch häufig verwöhnen."

Shivan sprach dann leise und sagte: „Deine Figur ist unglaublich und du brauchst dich nicht zu schämen."

Adele blickte Shivan interessiert an, die freundlich lächelte, aber auch einen gewissen Blick in den Augen hatte. Es schien, als ob Shivan Freude daran hatte, Adele zu beobachten, und Adele war einigermaßen erfreut über diese Erkenntnis.

Die beiden gingen zu einer anderen Tür mit der Aufschrift „Whirlpool" und traten ein. Adele bemerkte im Raum eine große Wanne mit sprudelndem Wasser. Mehrere Frauen waren bereits in der Wanne, wobei die meisten Ausländer nackt waren und nur wenige Inder Badeanzüge trugen.

Adele blickte Shivan noch einmal zur Beruhigung an. Shivan führte Adele zu einer leeren Stelle in der Wanne und half ihr, die Stufen hinaufzusteigen, die in die Wanne führten. Adele stieg hinab, bis das Wasser ihr bis zu den Knien reichte, dann band sie ihr Handtuch los und tauchte ihren nackten Körper ins Wasser. Sie reichte Shivan ihr Handtuch, ging dann zum Rand der Wanne und setzte sich auf die Stufe. Shivan spürte, wie die Luftstrahlen im Wasser blubberten und sanft ihre Haut kitzelten.

Shivan folgte Adele und legte vorsichtig ein gefaltetes Handtuch an den Wannenrand in der Nähe von Adeles Hals. Dann ließ Shivan Adeles Kopf sanft nach unten gleiten, sodass er auf dem Handtuch ruhte. Während die warmen Luftstrahlen Adeles Körper beruhigten, begann Shivan, Adeles Kopf sanft zu massieren. Adele schloss die Augen und erlebte, wie sich ihr Körper völlig entspannte. Die Blasen bildeten eine schaumige Schicht im Wasser, die den größten Teil ihres Körpers verbarg und verhinderte, dass sie andere um sich herum sah.

Adele spürte, wie die Anspannung aus ihrem Körper wich und sie sich leichter fühlte. Die sanften Bewegungen des Wassers ließen ihre Arme heben und ihre Fingerspitzen die Oberfläche berühren. Die Luftblasen unter ihren Armen kitzelten ihre Haut, während sie sich bewegten und ihre Brüste und Brustwarzen erreichten. Dieses Gefühl löste einen Gedanken in Adeles Kopf aus. Neugierig öffnete sie die Augen und drehte den Kopf.

Adele sagte: „Shivan, gib mir nur einen Moment. Ich muss meine Position ändern, denn ich bin schläfrig und könnte einschlafen."

Adele bewegte sich vorsichtig nach links und setzte sich. Shivan war sich nicht bewusst, dass Adele auf einem Luftstrahl saß. Wasserblasen stiegen jetzt zwischen ihren Beinen auf und näherten sich ihrem Intimbereich, wodurch das Kitzeln noch stärker wurde. Adele schloss die Augen, neigte den Kopf und rutschte nach vorne, sodass ihr Intimbereich in Richtung der Blasen lag.

Adele war von der Wucht des Aufpralls überrascht und sprang schnell auf.

Platsch!

Shivan war überrascht und fragte: „Was ist passiert?" Auch alle anderen in der Wanne sahen Adele besorgt an.

„Es tut mir leid, ich bin von meinem Sitz gefallen", flunkerte Adele. Sie sah sich zu den anderen um und sagte laut: „Es tut mir leid!"

Adele schloss erneut die Augen und bewegte ihren Intimbereich näher an die Blasen heran. Diesmal war sie bereit, als die sanften Luftblasen ihren Intimbereich massierten. Sie spreizte ihre Beine so weit wie möglich und spürte, wie sich ihre Schamlippen bei der Berührung des Luftstrahls öffneten. Adele versuchte, ein ernstes Gesicht zu machen, um Shivans Verdacht nicht zu erregen. Sie spürte, wie ihre Klitoris zu reagieren begann und ihr Intimbereich feucht wurde. Sie stellte sich vor, wie sich ihre natürliche Feuchtigkeit mit den Luftblasen vermischte, und überlegte, ob irgendjemand ihre

Erregung bemerken würde. Adele spürte, wie ihr Intimbereich zu zittern begann, und kämpfte gegen die Versuchung an, sich mit den Fingern zu berühren.

„Die Blasen fühlen sich besser an, wenn du auch deine Finger benutzt“, flüsterte Shivan leise in Adeles Ohr.

Adele öffnete die Augen und bemerkte Shivan mit einem Lächeln im Gesicht.

„Ich mache das auch gerne, wann immer es möglich ist. Benutze deine Finger, und ich garantiere dir, dass es dir gefallen wird“, murmelte Shivan.

Irgendetwas an Shivan gab Adele ein gutes Gefühl und sie befolgte gehorsam die Anweisungen. Adele begann, ihre freiliegenden Genitalien mit ihrer rechten Hand zu streicheln. Sie konnte die glatte Feuchtigkeit an ihren Fingern spüren, ein starker Kontrast zum Wasser. Als sie die Festigkeit ihrer Klitoris spürte, schickten ihre Bewegungen Schauer durch ihren Körper. Adele war sich bewusst, dass sie schnell zum Höhepunkt kommen konnte und führte sanft einen Finger in ihre Vagina ein. Ihr Finger teilte ihren Eingang, umschloss ihn und ihre Vagina sonderte Feuchtigkeit ab, als Adele einen weiteren Finger hinzufügte.

Shivan rieb weiter Adeles Kopfhaut. Sie riet leise: „Halte deine Gefühle nicht zurück. Ich werde dafür sorgen, dass dich niemand sehen kann.“

Adele bedankte sich bei Shivan und begann dann, mit den Fingerspitzen sanft über ihren Intimbereich zu streichen und die lustvollen Empfindungen zu spüren. Sie steckte ihren Mittelfinger in ihre feuchte Öffnung und stimulierte mit ihrem Daumen ihre jetzt empfindliche Klitoris. Adele streichelte auch mit der anderen Hand ihre Brustwarzen und bemerkte ihre Härte. Sie drückte und rollte sie sanft zwischen Daumen und Fingern, während sie sich weiter vergnügte. Das Gefühl des Luftstrahls steigerte ihre Erregung und verursachte ein Gefühl der Dringlichkeit in ihrem Unterleib. Adele steckte einen weiteren Finger in ihre Muschi und krümmte ihn, um ihren G-Punkt zu massieren, ein sicherer Weg, um zum Höhepunkt zu kommen. Sie übte Druck auf die Stelle aus, während sie mit der anderen Hand ihre Klitoris stimulierte, was zu einer schnellen Entladung führte, als sie im Wasser einen Orgasmus erreichte. Ihr Körper spannte sich an und sie hielt den Atem an, um alle Lustgeräusche zu unterdrücken.

Shivan sah Adele an und spürte, wie sich ihr Verlangen aufregte. Obwohl sie zuvor schon in der Gesellschaft vieler Frauen gewesen war, war Adele die erste Frau, die so viel Sinnlichkeit ausstrahlte wie Shivan. Shivan bemühte sich, ihre Professionalität zu bewahren, aber sie konnte nicht anders, als sich von Adeles Reiz angezogen zu fühlen. Shivan befand sich in einem persönlichen Dilemma und war sich nicht sicher, wie sich der Abend entwickeln würde, aber sie hoffte, dass es für alle Beteiligten ein freudiger Abend werden würde.

„Danke", sagte Adele, nachdem sie sich erholt hatte. „Es ist fast so, als hätte ich das gebraucht."

„Wir helfen Ihnen gern, Madam", murmelte Shivan. „Wenn Sie bereit sind, können wir in den Massageraum gehen, um Ihre Ganzkörper-Aromatherapie-Ölmassage zu bekommen."

Adele atmete tief durch und ging zu den Stufen des Whirlpools. Shivan half ihr und wickelte sie in ein Handtuch. Sie verließen den Whirlpoolbereich und Shivan führte sie in einen abgeschiedenen Massageraum. Der Raum war wunderschön eingerichtet, mit gedämpften Wänden und sanfter Beleuchtung. Überall im Raum standen Kerzen und eine Musikanlage spielte beruhigende CDs. Adele hatte mit einer Massageliege gerechnet, war aber überrascht, stattdessen ein ordentlich gemachtes, erhöhtes Bett zu sehen. Sie sah Shivan mit einem verwirrten Gesichtsausdruck an.

„Wir haben festgestellt, dass sich unsere Kunden auf einem Bett wohler fühlen als auf einer harten Massageliege. Das ist einer der Luxusartikel, die wir anbieten", antwortete Shivan.

„Dich zu besuchen hat sich als eine der klügsten Entscheidungen herausgestellt, die ich seit langem getroffen habe", sagte Adele mit einem Lächeln.

„Wir freuen uns, dass Ihnen Ihr Erlebnis gefällt", antwortete Shivan professionell. „Ich bin überzeugt, dass Ihnen die Massage auch gefallen wird."

„Das werde ich bestimmt."

Adele setzte sich auf das Bett und wartete auf Shivans Anleitung. Shivan schaltete den Musikplayer ein und die beruhigenden Geräusche der Natur hallten durch den Raum. Sie reduzierte die Helligkeit der Lichter und zündete Duftkerzen an, um eine bestimmte Atmosphäre zu schaffen.

„Sind Sie bereit anzufangen?", fragte sie.

„Natürlich. Was ist der erste Schritt?"

„Die meisten unserer Kunden kommen aus Übersee", erklärte Shivan, „und wie Sie heute gesehen haben, neigen sie dazu, sich auszuziehen, bevor sie sich mit dem Gesicht nach unten auf das Bett legen. Ich habe eine Art Öl, das keine Flecken hinterlässt, aber das hochwertigere Öl hinterlässt

Flecken. Da dies Ihre erste Begegnung ist, liegt die Entscheidung bei Ihnen."

Nachdem Adele einen Moment darüber nachgedacht hatte, entschied sie sich, das Erlebnis voll und ganz anzunehmen und es richtig zu machen. Sie war entschlossen, nicht zuzulassen, dass ihre eigenen Ängste die Reise noch weiter ruinierten. Kurz darauf lag Adele auf dem Bauch, völlig nackt, auf makellos weißen Laken. Dann bemerkte sie, wie Shivan sich bewegte, und drehte sich um, um zu sehen, was passierte. Der Anblick, der sich ihr bot, war unerwartet.

Shivan zog sich bis auf einen durchsichtigen schwarzen BH und ein Höschen komplett aus. Als sie Adeles überraschten Gesichtsausdruck sah, machte sie eine Bemerkung.

„Da unsere Kunden nackt sind, fühlen sie sich wohler, wenn wir auch ausgezogen sind. Auf diese Weise fühlen sie sich nicht unwohl. Ist das für Sie akzeptabel?"

„Natürlich, machen Sie ruhig weiter", antwortete Adele. Adele gab zu, dass die Frau eine gewisse Attraktivität hatte. „Ich muss sagen, Sie haben schöne Finger."

„Danke, Madam."

„Sie können mich Adele nennen", sagte sie lächelnd. „Nachdem wir den ganzen Tag zusammen verbracht und alles miterlebt haben, glaube ich, dass wir die Formalitäten fallen lassen können. Es besteht kein Bedarf für Formalitäten."

„Okay, Adele. Lehnen Sie sich einfach zurück und entspannen Sie sich jetzt."

Shivan setzte sich auf die Bettkante und massierte Öl in ihre Hände, bevor sie es mit sanftem Druck auf Adeles Rücken auftrug. Ihre Berührung war sanft, als sie ihre Hände von Adeles unterem Rücken zu ihren Schultern bewegte. Adele vergrub ihren Kopf tiefer im Kissen und genoss das Gefühl. Es war eine herrliche Erfahrung.

Shivan berührte Adeles Rücken normalerweise sanft, aber gelegentlich drückte sie fester und grub mit ihrem Finger, als würde sie einen Samen pflanzen. Dieses leicht schmerzhafte Gefühl gefiel Adele. Shivan bewegte sich zu Adeles Beinen und massierte jedes gründlich, beginnend beim Knöchel und kurz vor ihrem Intimbereich aufhörend. Adele konnte nicht anders, als sich zu fragen, ob Shivans Hände versehentlich ihren Intimbereich berühren würden. Es war jedes Mal knapp, aber es passierte nie ganz. Überraschenderweise wünschte sich Adele die versehentliche Berührung.

Shivan massierte sanft Adeles Hintern und erzeugte ein überraschend erotisches Gefühl. Als Shivan weiter nach unten zu ihren Füßen ging, konnte Adele nicht anders, als sich über ihre Absichten Gedanken zu machen. Jede Handlung, die Shivan unternahm, schien darauf ausgerichtet zu sein, Adele zu erregen, obwohl sie nur eine Massagetherapeutin war. Adele fühlte sich hin- und hergerissen, da sie noch nie zuvor intime Aktivitäten mit einer anderen Frau unternommen hatte.

Adele flüsterte: „Das ist so ein tolles Gefühl."

Shivan bewegte sich auf die andere Seite von Adele und ließ sich neben ihr nieder. Sie legte Adeles Arm sanft in ihren Schoß, woraufhin Adeles Arm völlig schlaff wurde. Die Wärme von Shivans glatten Beinen auf Adeles Haut ließ ihr einen Schauer über den Rücken laufen. Adele hatte sich schon früher vorgestellt, mit einer Frau intim zu sein, und jetzt schien Shivan, eine Fremde für sie, für die Idee offen zu sein.

Dies waren jedoch nur Fantasien und Adele konnte nicht sicher sein, ob Shivan nicht schockiert wäre. Obwohl es so aussah, als sei Shivan interessiert, konnte Adele sich nicht sicher sein. Sie war sich auch nicht sicher, ob sie bereit war, das durchzuziehen, was sie vorhatte.

Vielleicht lag es an den allgemeinen Frustrationen der Reise, vielleicht war es ihre Verärgerung über Henry, vielleicht war sie entschlossen, Spaß zu haben, oder vielleicht erregte Shivan sie. Während der Massage streckte Adele die Hand aus und berührte Shivans Hüfte, um ihr freundlich den Rücken zu massieren. Als sie ihre Hand nach unten zu Shivans Oberschenkel bewegte, führte Adele sie wieder nach oben, um die Innenseite von Shivans Bein in der Nähe ihres Knies zu massieren. Shivans Beine öffneten sich leicht für Adele, was ihr anzeigte, dass sie in die richtige Richtung ging.

„Du kannst dich umdrehen, wenn du bereit bist", sagte Shivan leise. In diesem Moment schien alles sehr sanft.

Adele drehte sich auf den Rücken. Shivan legte sich auf den Massagetisch und kniete über Adele. Adele war beeindruckt von Shivans Körperbau, aber was ihre Aufmerksamkeit wirklich erregte, war das echte Lächeln auf ihrem Gesicht. Shivan hatte ein Paar sehr sanfter Augen. Nachdem sie mehr Öl auf ihre Hände aufgetragen hatte, schien Shivan zu überlegen, wo sie anfangen sollte, und begann schließlich an Adeles Knöcheln und arbeitete sich ihre Beine hinauf.

Als Adeles Hände sich diesmal nach oben bewegten, um sich um ihren Intimbereich zu legen, konnte sie ihren Gesichtsausdruck beobachten. Sie schloss die Augen und begann sich vorzustellen, wie ihre Finger ihre Klitoris stimulierten und in sie hineinglitten. Vielleicht war das ein Hinweis, denn als Shivans Hände das nächste Mal so hoch reichten, berührten sie Adeles Schamhaar und verursachten ein

Gefühl in ihrem ganzen Körper. Sie passte die Massage auch leicht an, sodass ihre Hände während der Abwärtsbewegungen auf den Innenseiten ihrer Beine ruhten und nicht auf den oberen Bereichen. Adele merkte, dass sie erregt wurde.

Wenn Shivan sich dessen bewusst war, dann war Shivan sich dessen auch bewusst.

„Gefällt dir das?“, fragte sie.

„Ja“, antwortete Adele. Sie konzentrierte sich mehr auf die Empfindungen als auf das Sprechen.

„Bitte erzähl mir von allem anderen, was dir guttun würde, Adele.“

Adele hoffte, dass die andere Person in dieser Situation die Führung übernehmen würde. Sie wollte keine Peinlichkeit riskieren, indem sie etwas Unangemessenes verlangte.

„Ich schätze es, wie du mich reibst“, murmelte Adele mit unklaren Absichten.

Shivan setzte sich rittlings neben Adele, damit sie Adeles pulsierenden Körper erreichen konnte. Als sie ihre Hände nach oben bewegte, blieb sie nicht an Adeles Taille stehen, sondern fuhr weiter bis zu ihrer Brust. Adele konnte fühlen, wie Shivans von ihrem BH bedeckte Brustwarzen ihre Beine streiften, als sie begann, ihre Brust auf eine neue und ungewohnte Weise zu massieren. Shivan konzentrierte sich hauptsächlich auf den unteren Teil ihrer Brust, unterhalb der Brustwarzen, wobei sie ihre Finger unabhängig voneinander bewegte, als würde sie Klavier spielen. Sie berührte leicht ihre Brustwarzen, bevor sie sich zurückzog. Dann bewegte sie ihre Hände an Adeles Körper nach unten.

Die kontinuierliche wellenförmige Bewegung hielt an, wobei sich die Hände allmählich näher an ihren

Genitalbereich bewegten und gleichzeitig ihre Brust massierten, bevor sie sich wieder leicht nach unten bewegten und den Vorgang wiederholten. Adele war voller Vorfreude und Aufregung. Sie hob ihr Bein leicht an, um sie zu ermutigen, und spürte Shivans Knie an ihrem. Adele konnte Shivans Erregung spüren, obwohl es nur ein Kniekontakt war. Als sie sanft zurückdrückte, konnte Adele Shivans Nässe spüren. Sie rieben sich beide sanft Knie an Knie, unsicher, wer in diesem intimen Moment wen stimulierte.

Beim nächsten Mal massierte sie sanft die Lippen von Adeles Vagina mit ihren Daumen. Shivan hatte ein breites Lächeln im Gesicht. Adele hielt die Augen geschlossen und zögerte, sie zu öffnen.

Shivan schien zu bemerken, dass Adele die Augen geschlossen hatte, und als sie ihre Unsicherheit spürte, riet sie: „Adele, ich schlage vor, während der Massage eine Augenmaske zu verwenden. Sie kann die Rötung in deinen Augen reduzieren und ein beruhigendes und kühlendes Gefühl vermitteln."

Adele war sich nicht sicher, ob dies ein formeller Teil der Massage war oder ob Shivan einfach ihrer Intuition folgte, aber es machte ihr nichts aus. Wenn Adele nicht sehen konnte, was geschah, konnte sie nichts falsch machen.

„Was auch immer du befiehlst, Shivan? Du hast eine wunderbare Wirkung auf mich. Wenn es dir nichts ausmacht, kann ich den Stoff deines BHs und Höschens auf meiner Haut spüren. Es könnte an der Massage liegen, aber meine Haut fühlt sich im Moment ziemlich empfindlich an."

Shivan versicherte: „Ich werde mich darum kümmern", während sie sanft ein beruhigendes Tuch auf Adeles Augen legte und ihr ein Gefühl der Erleichterung verschaffte. Adele erkannte einige vertraute Geräusche und schloss daraus, dass Shivan ihren BH und ihr Höschen ausgezogen hatte. Adele stellte sich Shivans nackte Gestalt vor und erkannte, dass sie eine echte Schönheit sein musste.

Adele erwartete, dass Shivan weiter reiben würde, aber stattdessen lag Shivan neben ihr, ihre Brüste berührten sich, und sie streichelte Adeles Gesicht sanft mit ihren Fingern. Adele legte eine Hand auf ihre eigene Brust, konnte Shivans aufgrund ihrer Position aber nicht erreichen, aber Shivan störte das nicht. Sie gab ein leises Geräusch von sich, das Adele ein Gefühl der Wärme vermittelte.

„Sprich mit mir", flüsterte Shivan ihr ins Ohr.

Sollte Adele ihre Gedanken mitteilen?

„Es fühlt sich alles unglaublich an", flüsterte sie. „Deine Berührung ist unglaublich."

„Sag es", drängte Shivan und biss sanft in Adeles Ohrläppchen. Das Gefühl übertraf Adeles Erwartungen. Sie wollte mehr von ihr.

Adele sagte mutig: „Du hast mich wirklich erregt. Könntest du ... mich dort berühren ... mit meiner Muschi spielen?"

Shivans Hand glitt in einer wellenförmigen Bewegung über ihre Brust, umkreiste jede Brustwarze, bevor sie weiter nach unten wanderte. Das Tempo ihrer Hand wurde allmählich langsamer, als sie näher kam. In der Nähe von Adeles Muschi legte sie einen Finger auf jede Seite ihrer Klitoris, ohne direkten Kontakt. Adele konnte den Druck ihrer Finger spüren, die sanft drückten und wieder losließen.

Adele stieß ein lautes Geräusch aus, das kein Wort war, sondern eher eine Mischung aus Stöhnen, Grunzen und Schreien, als ein Gefühl ähnlich einem kleinen Orgasmus sie überkam.

„Ooooommppphhhh!!!"

Shivan zog Adeles Brustwarze sanft mit ihren Lippen in ihren Mund, woraufhin Adele ein leiseres Geräusch von sich gab. Dann leckte Shivan um Adeles Brustwarze herum und stimulierte ihre Klitoris, indem sie sie durch ihre Schamlippen drückte.

Sie fragte leise: „Möchtest du das spezielle Massageangebot ausprobieren? Kushaan ist außergewöhnlich geschickt darin, verschiedene Arten von Stress abzubauen." Ihre Lippen zogen Adeles zweite Brustwarze an sich und warteten auf ihre Reaktion.

Adele fühlte sich in einem Zustand vollkommener Glückseligkeit und war sich bewusst, dass ihre Gedanken nicht rational waren. Sie erlebte ein Gefühl sexueller Ekstase und wollte nicht in die Realität zurückkehren.

Sie flüsterte als Antwort „Ja". Dann gab sie sich einer ihrer Fantasien hin und fragte: „Könnt ihr mich beide gleichzeitig berühren?", fragte Adele.

„Was immer du willst", flüsterte Shivan.

Adele hörte, wie sich die Tür öffnete und jemand hereinkam, gefolgt vom Schließen der Tür. Sie nahm an, dass es Kushaan war. Shivan sagte leise etwas zu ihm, und wieder hörte Adele ein Rascheln, das sie glauben ließ, dass Kushaan sich auszog. Die Atmosphäre im Raum wurde von sexueller

Spannung aufgeladen. Die beruhigende Musik, die flackernden Kerzen und Shivans Berührung ihres Intimbereichs hatten Adele jeden Sinn für Logik verlieren lassen. Sie konzentrierte sich jetzt nur noch auf ihre eigenen Wünsche, Bedürfnisse und ihr Vergnügen.

Adele erlebte, wie Shivans Mund erneut ihre Brustwarze umschloss, während ihre Hände sanft Adeles andere Brust berührten. Man hatte ihr gesagt, dass Frauen sinnlichere Liebhaberinnen seien als Männer, und jetzt stimmte sie dem voll und ganz zu. Shivan bereitete Adele nicht nur körperliche Lust; sie erkundete zärtlich jeden Teil von Adeles Körper und ließ ihn lebendig werden. Adele konnte sich nicht erinnern, wann sie sich das letzte Mal so erregt und erfüllt zugleich gefühlt hatte.

Adele war fasziniert von Shivans Berührung, als sie bemerkte, wie stärkere Hände ihre Schenkel streichelten. Die Berührung einer anderen Person schärfte Adeles Bewusstsein für die Situation. Anstatt Angst zu haben, beschloss sie, sich ihr hinzugeben und ihre Beine zu spreizen. Dann spürte sie es – Kushaans Lippen trafen ihre in einem Kuss.

„Ohhh ...", stöhnte Adele.

Kushaan küsste sanft Adeles Intimbereich und erkundete sanft den Eingang mit seinen Lippen. Er genoss den süßen Geschmack und neckte mit der Feuchtigkeit, die sich zwischen ihren Beinen bildete. Adele stöhnte leise auf, als Kushaan ihre Klitoris freilegte und mit seiner Zunge darüber strich, während er einen Finger in ihre warmen Tiefen einführte.

Shivan hatte an einer von Adeles Brüsten gesaugt und war zur anderen gewechselt. Sie streichelte mit der Hand sanft die Brust, die ihr Mund gerade verlassen hatte, und begann mit der jetzt erigierten Brustwarze zu spielen. Das Gefühl der Lust, das ihre Brustwarzen und ihre Vagina auslösten, überwältigte Adele. Shivan knabberte sanft an der Brustwarze und erzeugte eine Mischung aus scharfen, aber angenehmen Empfindungen. Adele krümmte leicht ihren Rücken, damit Shivan besser an ihren vollen Brüsten saugen konnte.

Gleichzeitig führte Kushaan einen weiteren Finger in sie ein und stimulierte sie sanft mit einer tastenden Bewegung, während er gleichzeitig einen dritten Finger in ihre enge hintere Öffnung einführte. Seine Zunge bewegte sich rasch über Adeles feste Klitoris, knabberte und saugte daran, während Adele vor Vergnügen stöhnte und keuchte.

„Oh meine Güte, ich liebe das", stöhnte Adele.

„Möchtest du meinen Körper spüren, Adele?", murmelte Shivan.

„Absolut", antwortete Adele prompt.

Sie spürte, wie Shivan sich um sie herum bewegte, und dann fühlte sie ein weiches, fleischiges Objekt mit einem ausgesprochen weiblichen Duft, das ihre Lippen berührte. Adele begriff, dass Shivan ihren Intimbereich auf ihren Mund gelegt hatte. Dies war eine völlig neue Begegnung für Adele, aber eine, auf die sie voll und ganz vorbereitet war. Sie küsste ihre Lippen und spürte Shivans Essenz auf ihnen. Adele ließ ihre Zunge über ihre Lippen gleiten und genoss den salzigen und doch würzigen Geschmack von Shivans Muschi. Sie streckte ihre Zunge aus und begann, die feuchten Falten zu lecken, sodass noch mehr von Shivans Säften auf ihre Zunge tropften.

Dieser Anblick erregte Kushaan noch mehr und veranlasste ihn, seine Finger herauszuziehen und seine Zunge in Adeles Vagina zu schieben. Er genoss die glatten Säfte, die sich angesammelt hatten, und drang so tief wie möglich in die modrige Dunkelheit ein, wobei sein Gesicht in Adeles Intimbereich vergraben war.

„Mmmmmhhhh!", antwortete Adele in ewiger Ekstase.

Adeles Körper bewegte sich unter dem Druck von Shivans Körper und empfand intensive Lust, da sie noch nie zuvor auf so geschickte Weise verwöhnt worden war. Kushaan erreichte etwas Unglaubliches, das sie nicht für möglich gehalten hatte, ganz sicher nicht mit Henry. Sie erkundete auch Shivans intime Bereiche mit ihrem Mund und konzentrierte sich darauf, ihre Klitoris zu stimulieren. Shivan rieb sich sanft an Adeles Mund und spürte, wie ihre Klitoris auf Adeles Handlungen reagierte.

Kushaan steigerte die Intensität seiner oralen Stimulation von Adeles Muschi, während er gleichzeitig seine Finger benutzte, um in sie einzudringen. Er spürte, wie Adele sich dem Höhepunkt näherte, als sich ihre Muskeln um seine Finger spannten, was ihn dazu veranlasste, einen dritten Finger einzuführen und die lustvollen Empfindungen fortzusetzen.

Adele stöhnte auf, gefolgt von einem lauten Keuchen, als sie spürte, wie Kushaans Finger in sie eindrangen. Ihr Körper zuckte, sie schob ihre Hüften nach vorne, als sie ihren Höhepunkt erreichte und einen heftigen Orgasmus erlebte. Sie hielt Shivans Schenkel fest und zog sie tief in ihren Mund, als sie ihren Moment der Lust hatte. Kushaan konnte die unmittelbare Nässe in Adeles geschwollener Muschi spüren, als er seine Finger herauszog. Er ließ ihren Körper entspannen und in der Wärme ihres orgasmischen Nachglühens schwelgen.

An diesem Punkt verlangte Adele nach mehr. Während sie immer noch Oralsex mit Shivan hatte, sehnte sie sich danach, ihr Sperma zu schmecken. Außerdem sehnte sie sich danach, Geschlechtsverkehr zu haben und zu erleben, wie Kushaan sie penetrierte. Sie spreizte ihre Beine und hob subtil ihre Hüften in der Hoffnung, Kushaan ihre Wünsche mitzuteilen. Sie war erleichtert, als er ihre Botschaft ohne Verzögerung verstand, und sie spürte seine Anwesenheit zwischen ihren Beinen und fühlte, wie sein Glied sich gegen ihre jetzt sehr feuchte Vaginalöffnung bewegte.

„Oh Adele, du siehst atemberaubend aus und ich schätze es wirklich, was du mir für ein Gefühl gibst", machte Shivan ihr Kompliment.

Adele wartete gespannt auf die Penetration ihrer Muschi durch Kushaans Penis, obwohl sie die Augen verbunden hatte. Sie schloss die Augen und spürte, wie er tiefer in sie eindrang, bis er ganz in ihr war. Obwohl sie die Augen verbunden hatte, schlang sie ihre Beine um ihn, in der Sehnsucht nach vollkommener Fülle. Die Hitze seiner wütenden Männlichkeit auf ihrer Haut erregte sie und sie genoss jede Empfindung, verzehrt von Lust.

Kushaan begann, sich leidenschaftlich vor und zurück zu bewegen. Er fühlte sich sehr erregt und begierig. Adele, die unglaublich attraktiv war, war die Frau, nach der er sich den ganzen Tag gesehnt hatte. Als er in sie eindrang, konnte er die intensive Hitze spüren, die von ihrer Muschi ausging. Obwohl er vorhatte, es langsam angehen zu lassen, war Adele so feucht und reagierte auf seine Handlungen.

Adele hob dann ihre Füße vom Bett und legte sie mit Kushaans Hilfe auf seine Schultern. Sie hob auch ihre Hände und berührte zärtlich Shivans Brüste. Obwohl sie nicht so groß waren wie ihre eigenen, genoss sie das Gefühl von Shivans Brustwarzen unter ihren Fingern. Adele begann, sie mit ihren Fingern und ihrem Daumen zu kneifen, zu ziehen und zu rollen. Shivans Nässe nahm zu und sie gab als Antwort Grunzlaute von sich.

„Oh, das stimmt, Adele. Ich bin fast da“, stöhnte Shivan.

Adele schob ihre Zunge so weit wie möglich in Shivans feuchte Öffnung, während Shivan einen Schwall Flüssigkeit in Adeles Mund entließ. Kushaan begann heftig zu stoßen und Adele konnte spüren, wie er tief in sie eindrang. Sie stellte ihn sich als außergewöhnlich lang vor, bis zu ihrem Gebärmutterhals, während er sie weiter erregte. Seine Stöße ließen ihre Brust sich heben und senken und ihre Brüste bei jeder Bewegung schwanken. Ihr Körper war von der intensiven Hitze schweißgebadet und ihr Geist war von überwältigendem sexuellen Verlangen erfüllt. Adele saugte mit Nachdruck an Shivans Klitoris.

Shivan stöhnte laut: „Ich komme!!!!!“

Adele spürte, wie Shivan zitterte und bebte, als sie ihren Orgasmus erlebte. Das Gefühl einer Frau, die auf ihrem Gesicht zum Höhepunkt kam, während ihre eigene Muschi intensiv penetriert wurde, war für Adele überwältigend. Sie konnte spüren, wie sie sich einem weiteren Orgasmus näherte. Kushaans Stöhnen zeigte, dass auch er erregt wurde, während sein Schwanz in ihr größer wurde.

Dann ejakulierte Kushaan in ihr. Sein Sperma war warm und kam mit Nachdruck heraus. Adele war beeindruckt von der Menge seines Samenergusses und allein die Vorstellung, dass er in ihre Muschi ejakulierte, brachte Adele zum vierten

Mal zum Höhepunkt. Kushaan stieß weiter, als er zum Höhepunkt kam, und Adele konnte spüren, wie sich sein Sperma mit ihrem in ihrer Vagina vermischte, als sie auf ihm kam. Sie spannte ihre Vaginalmuskeln fest um seinen Penis an und versuchte, so viel Sperma wie möglich herauszupressen, und dann fiel sie schlaff in sich zusammen, vertieft in die Erlebnisse ihres Tages.

Kushaan zog sich aus Adele zurück und sie konnte spüren, wie ihre Leidenschaft aus ihrer befriedigten Vagina sickerte. Sie hörte das Rascheln von Kleidung und das Öffnen und Schließen der Tür. Shivan nahm Adele die Augenbinde ab und sah sie mit ruhigem Gesichtsausdruck an. Dann fuhr Shivan sanft mit den Fingern durch Adeles Haar.

„Fühlen Sie sich besser?"

„Ich fühle mich verjüngt. Vielen Dank", flüsterte sie.

„Wir helfen Ihnen gerne", antwortete Shivan. „Wir können jetzt mit Ihrem Friseurtermin fortfahren, wenn Sie bereit sind."

„Klar, bitte", antwortete Adele.

Shivan half Adele beim Anziehen ihres Bademantels und führte sie dann zum Haar- und Make-up-Bereich. Der Rest des Abends kam Adele wie ein Nebel vor. Obwohl sie ein paar Worte mit Shivan gewechselt hatte, war Adele zu überwältigt und zufrieden, um sich an viel von ihrem Gespräch zu erinnern. Sie hatte den sexuell intensivsten Tag ihres Lebens erlebt und ertappte sich dabei, die gesamte Begegnung immer wieder in Gedanken durchzugehen. Nach dem Termin zog Adele sich wieder an und umarmte Shivan herzlich. Sie teilte Shivan auch ihre Telefonnummer und Adresse mit und sprach eine offene Einladung aus.

Adele fühlte sich voller Energie und als Henry an diesem Abend zurückkam, drückte sie einfach ihre Dankbarkeit dafür aus, dass er sie nach Goa gebracht hatte, und ließ seinen überraschten Gesichtsausdruck als ausreichende Belohnung gelten.

DAS ENDE

Der Beste Freund Ihres Sohnes
Die Fantasie Eines Jeden Cougars

Emilia Meyer

Haftungsausschluss

Dies ist ein fiktives Werk. Namen, Charaktere, Orte und Ereignisse sind entweder Produkte der Fantasie des Autors oder werden fiktiv verwendet. Jegliche Ähnlichkeit mit tatsächlichen Ereignissen oder Orten oder lebenden oder verstorbenen Personen ist rein zufällig.

Alle abgebildeten Charaktere sind mindestens 18 Jahre alt oder anderweitig über dem Einwilligungsalter.

Kapitel Eins

Leo und seine Familie zogen neben Albert und seine Familie, als sie beide in den Kindergarten kamen. Sie wurden natürlich beste Freunde, da sie zusammen zur Schule gingen und nebenan wohnten. Sie waren auch die Jüngsten in ihren Familien. Sie waren vom ersten Tag an immer zusammen. Die Leute dachten, sie wären Brüder, aber in gewisser Weise waren sie das auch. Sie spielten nach der Schule und an den Wochenenden zusammen. Es war üblich, dass sie beieinander übernachteten oder bei einem vorgetäuschten Campingausflug in einem Zelt in ihren Gärten schliefen. Sie waren unzertrennlich.

Wenn einer von ihnen in Schwierigkeiten geriet, waren sie wahrscheinlich beide darin verwickelt. Sie hatten ihre freundschaftlichen Kämpfe, fanden aber immer wieder zueinander. Sie spielten in der Little League im selben Team, wobei Albert als Pitcher und Leo als Catcher fungierte. Man sah den einen selten ohne den anderen. Sie waren unzertrennlich.

Nicht nur Albert und Leo standen sich nah, sondern auch ihre Eltern. Obwohl ihre Geschwister unterschiedlich alt waren, hingen sie manchmal zusammen ab. Die Familien trafen sich oft zum Grillen oder bestellten gemeinsam Pizza und verbrachten Zeit miteinander. Leo bemerkte, dass Alberts Vater nicht oft da war. Er war Top-Verkäufer bei einem Pharmaunternehmen, bevor er ins Management wechselte. Er war oft mit Kunden beschäftigt oder beruflich unterwegs. Alberts Mutter Maryanne arbeitete nicht und blieb zu Hause, um die Familie großzuziehen.

Während der Highschool waren beide Jungen sehr sportlich. Sie spielten nicht nur Baseball, sondern waren auch beide im Football- und Basketballteam. Das machte sie beide in der Schule sehr beliebt, nicht nur bei den anderen Sportlern, sondern auch bei den Mädchen. Albert war der bessere Sportler und Schüler, aber das störte Leo nie.

Während ihres vorletzten Schuljahres hatten die College-Rekruten Albert für alle drei Sportarten im Auge. Er konnte sich die Schule aussuchen, die er besuchen wollte. Leo hingegen war ein durchschnittlicher Schüler und wusste nicht, ob er überhaupt aufs College gehen wollte. Schon in jungen Jahren lernte Leo von seinem Vater die Grundlagen der Zimmerei, Elektrik und Klempnerei. Leo nahm gern Dinge auseinander, um zu sehen, wie sie funktionierten, und fand mit ein wenig Hilfe seines Vaters heraus, wie man kleine Motoren reparierte. Seine Erfahrungen lenkten ihn in eine andere Richtung.

In ihrem letzten Schuljahr wurde klar, dass die Jungs nach dem Highschool-Abschluss wahrscheinlich getrennte Wege gehen würden. Sie erwähnten es einander gegenüber, beschlossen aber, sich zu gegebener Zeit darüber Gedanken zu machen. Bis dahin wollten sie ihr letztes Highschool-Jahr genießen.

Beide Jungs wurden kurz nach Neujahr achtzehn und hatten einen schlimmen Fall von Senioritis entwickelt, da sie wussten, dass sie nur noch ein paar Monate Highschool durchstehen mussten. Albert hatte sich bereits für eine große Universität entschieden, um Baseball zu spielen, während Leo sich entschied, auf ein örtliches Community College zu gehen, um herauszufinden, welchen Beruf er ergreifen wollte. In der Zwischenzeit war ihr Hauptziel, so viel Spaß wie möglich mit ihren männlichen und weiblichen Freunden zu haben, solange sie noch zusammen waren.

Eines Abends hatten sich einige der Baseballspieler bei Albert zu Hause versammelt, um ein Spiel im Fernsehen anzuschauen. Seine Mutter sorgte dafür, dass sie genügend Essen und alkoholfreie Getränke zur Verfügung hatten. Sie schaute nach ihnen unter dem Vorwand, zu fragen, ob sie noch etwas essen wollten. Einmal, nachdem Maryanne nach ihnen geschaut hatte, machte einer der Jungs, Paul, Albert gegenüber eine Bemerkung, nachdem sie gegangen war.

„Deine Mutter ist ziemlich heiß, Albert."

Die anderen Jungs außer Leo lachten, aber Albert fand das nicht lustig.

Leo sagte: „Komm schon, Mann. Du redest von Alberts Mutter."

Paul entschuldigte sich schnell, aber Leo musste nachdenken. Er hatte Maryanne noch nie so angesehen, aber sie war hübsch und hatte schöne Brüste und einen schönen runden Hintern. Sie war kurvig, hatte aber trotzdem einen schönen Körper. Ihr blondes Haar und ihre blauen Augen wurden durch ein umwerfendes Lächeln noch verstärkt. Sie war vielleicht Mitte vierzig, aber sie sah trotzdem ziemlich gut aus. Wenn Albert nicht im Raum war, redeten die anderen Jungs über Maryannes Titten oder Arsch, aber Leo hielt den Mund.

Von diesem Tag an achtete Leo immer auf ihren Körper, wenn er in der Nähe der Mutter seiner besten Freundin war. Wenn sie in der Küche herumlief und eine Mahlzeit zubereitete, bemerkte Leo ihre hängenden Brüste unter ihrem Hemd, wenn sie sich vorbeugte, oder ihren üppigen Hintern, wenn sie sich bückte. Er schalt sich dafür, sie so anzusehen, aber er war immer noch ein geiler Teenager, der sich leicht vom Körper einer Frau ablenken ließ.

Die Jungs waren an einem Freitagabend feiern und Albert sagte Leo, er solle bei ihm zu Hause schlafen, damit er nicht von seinen Eltern beim Trinken erwischt würde. Alberts Vater war nicht in der Stadt und seine Mutter ging früh ins Bett, was die Wahrscheinlichkeit verringerte, dass sie erwischt wurden. Sie kamen leicht betrunken nach Hause, wurden in Alberts Zimmer ohnmächtig und schliefen wahrscheinlich bis Mittag.

Leo wachte früh am Morgen auf und musste urinieren. Er war benommen und verkatert, als er ins Badezimmer schlurfte. Als er die Badezimmertür aufstieß, hörte er das Geräusch eines anspringenden Haartrockners und sah Alberts Mutter dort stehen, splitternackt, offenbar nachdem sie gerade aus der Dusche gekommen war. Er war fassungslos und stand geschockt da und betrachtete die nackte Mutter seines besten Freundes. Seine Augen konzentrierten sich zuerst auf ihre etwas hängenden Brüste der Größe C und ihre hervorstehenden dunklen Brustwarzen. Seine Augen wurden von ihrem flauschigen Hintern angezogen, bevor er auf den haarigen Busch zwischen ihren Beinen blickte, der ihre Schamlippen verbarg.

Als Maryanne ihren jungen Voyeur bemerkte, stieß sie einen kleinen Schrei aus und sagte: „Oh mein Gott, Leo. Was willst du tun, mir einen Todesschreck einjagen?“

Dann bückte sie sich, um ein Handtuch aufzuheben und sich zuzudecken.

„Es, es, es tut mir so leid, Mrs. G. Ich wusste nicht, dass jemand hier ist. Ich musste pinkeln.“

„Die Dusche in unserem Zimmer ist undicht. Vielleicht kannst du später mal nachschauen. Du kannst die benutzen, während ich hier fertig werde."

„Äh, ja, sicher."

Leo war so verlegen. Er wollte nicht, dass die Mutter seines Freundes ihn für einen Perversen hielt. Dass er langsam eine Erektion bekam, half auch nicht weiter. Er war noch verlegener, als Maryanne auf sein wachsendes Problem herabblickte und leicht grinste. Sie war irgendwie stolz darauf, einem jungen Mann eine Erektion verschafft zu haben. Ihr Sexleben mit ihrem Mann war fast nicht existent, da er die ganze Zeit arbeitete und selten zu Hause war. Sie hatte im Laufe der Jahre ein paar Pfund zugenommen und dachte, sie hätte ihren Sexappeal verloren.

Maryanne musterte Leo ebenfalls. Er war ein achtzehnjähriger Junge mit einem männlichen Körper. Er war ein Sportler, der ständig trainierte und gut entwickelte Arm-, Schulter- und Brustmuskeln hatte. Ihr fielen seine markanten Bauchmuskeln und seine behaarte Brust auf, die ihr auch gefielen. Er stand vor ihr und trug nur seine enge Boxershorts, aus denen eine ziemlich große Beule hervorzustechen begann. Als er sich zum Gehen umdrehte, fiel ihr Blick auf seinen straffen Hintern. Sie schalt sich selbst, während sie beobachtete, wie sich seine Pobacken abwechselnd zusammenzogen und wieder lockerten, als er wegging, bevor sie die Tür wieder schloss. Ihre Muschi war feucht und sie nahm sich vor, zu versuchen, ihren Mann zu verführen, wenn sie nach Hause kam. Als sie den besten Freund ihres Sohnes ansah, wurde ihr klar, dass sie Sex brauchte.

Sie gingen auf dem Weg zurück in ihre jeweiligen Zimmer im Flur aneinander vorbei. Maryannes Blick fiel auf die Vorderseite von Leos Unterwäsche. Er hatte keine Erektion mehr, aber immer noch einen ordentlichen Knoten. Leo hatte Angst, ihr in die Augen zu sehen, wurde aber trotzdem rot, weil er wusste, dass sie unter ihrem Handtuch nackt war. Er musste sich sagen, sie nicht anzusehen.

Später am Morgen erwischte Maryanne Leo allein und sagte ihm, er solle sich nicht für das schämen, was vorhin passiert war. Es war ein ehrlicher Fehler und niemand durfte es wissen. Das ließ ihn sich besser fühlen, aber er wusste jetzt, wie sie nackt aussah. Das würde seine Art, sie in Zukunft anzusehen, ändern.

Ein paar Tage später, als ihre Familien im Garten grillten, sah Leo Maryannes Hintern in ihren engen schwarzen Leggings anders an und erinnerte sich daran, wie ihr nackter Hintern aussah. Sie trug ein Tanktop, das ihn mit seinem Dekolleté neckte. Ihr BH stützte ihre Brüste, was sie noch auffälliger machte. Die Oberseite ihrer Brüste wackelte, wenn sie ging.

Maryanne spürte manchmal Leos Blick auf sich und drehte sich zu ihm um. Sie wusste, dass er sie anders ansah, denn seine Augen huschten zu Boden, wenn sie seinen Blick erwiderte. Nach ein paar Drinks war Maryanne übermütig und bückte sich absichtlich in der Taille, um eine Serviette aufzuheben, die sie vor Leo fallen ließ, sodass er unter ihrem Oberteil auf ihre hängenden Brüste sehen konnte und ihr Gesicht fast in seinem Schritt lag. Als sie aufstand, sah sie ihm in die Augen und er begann zu erröten. Sie fühlte sich ungezogen, weil sie einen jungen Mann so geärgert hatte, aber es ließ sie sich besser fühlen und machte ihr Höschen nass. Für sie war es ein harmloser Spaß.

Das Schuljahr verging schnell und als die Baseballsaison vorbei war, war es Zeit für den Abschlussball. Leo hatte im Frühjahr angefangen, mit Katie auszugehen, einer weiteren achtzehnjährigen Zwölftklässlerin, und sie begleitete ihn zum Abschlussball. Sie ging auch aufs College, aber sie versprach, dass sie versuchen würden, während ihrer Abwesenheit eine Fernbeziehung aufrechtzuerhalten. Sie feierten zusammen und erkundeten ihre Sexualität den größten Teil des Sommers, manchmal mehrmals am Tag.

In der Zwischenzeit spielten Leos und Alberts Mutter weiterhin gelegentlich ihr kleines Spiel, ihn zu necken. Maryanne fand es ein harmloses Vergnügen, da sie sich Leo gegenüber nicht zu sehr entblößte. Sie beschränkte sich auf ein paar kurze Blicke unter die Bluse oder unter den Rock und beugte sich absichtlich vor Leo, wenn sie Shorts oder Leggings trug. Sie wollte nicht zu offensichtlich sein, weil sie Albert nicht in Verlegenheit bringen wollte. Sie fand Wege, Leo zu necken, bei denen ihre Handlungen glaubhaft abgestritten werden konnten.

Alle waren schockiert, als Alberts Eltern kurz nach dem Abschluss ihre Scheidung bekannt gaben. Sie hatten sich schon eine Weile darauf vorbereitet, aber sie beschlossen, zusammenzubleiben, bis Albert mit der High School fertig war und auf dem Weg zum College war. Leo hörte, wie seine Mutter mit Alberts Mutter Peg darüber sprach, und anscheinend war sein Vater eine Zeit lang mit seiner Sekretärin fremdgegangen. Für Maryanne war es nach über zwanzig

Jahren Ehe immer noch schwierig, sich von ihrem Mann scheiden zu lassen.

Maryanne und ihr Mann hatten sich auf eine Einigung geeinigt, bei der sie das Haus und eine sehr großzügige monatliche Unterhaltszahlung bekam und nicht arbeiten musste, weil sie ihre Karriere aufgegeben hatte, um die Familie zu ernähren. Er zog aus dem Haus aus, sobald sie ihre Trennung bekannt gaben.

Es war eine schwierige Zeit für Albert und seine Mutter. Leo war für seinen Freund da, der durch die plötzliche Trennung seiner Familie verletzt war. Sie wollten jedoch auch ihren letzten Sommer genießen, bevor sie getrennte Wege gingen. Albert und Leo feierten ausgiebig und liebten ihre Freundinnen.

Unterdessen fand Maryanne Trost und Unterstützung bei Leos Mutter, die ihr mit Rat und Tat zur Seite stand und ihr eine Schulter zum Ausweinen bot. Sie war verständlicherweise deprimiert und verletzt. Sie fühlte sich von ihrem Mann betrogen und alt und ungewollt, nachdem sie für eine jüngere Frau verlassen worden war. Das dauerte etwa einen Monat, und kurz bevor Albert aufs College ging, ging Maryanne ins Fitnessstudio, um ihre Stimmung zu verbessern und ein paar Pfunde zu verlieren. Obwohl sie ihre Scheidung noch nicht ganz überwunden hatte, begann sie, sich selbst und ihre Situation besser zu fühlen.

Es war schwierig für Maryanne, Albert am College abzusetzen, weil sie jetzt ganz allein in einem großen Haus mit vier Schlafzimmern sein würde. Auch wenn er vorher nicht oft da war, würde er zumindest zum Schlafen und Essen da sein. Sie war jetzt ganz allein.

Leo landete in einer ähnlichen Situation, als seine Freundin entschied, dass eine Fernbeziehung nicht funktionieren würde, und mit ihm Schluss machte. Seine Eltern waren auf Reisen und gingen häufiger aus, wodurch er die meiste Zeit allein war, besonders an den Wochenenden. Er war nun untröstlich und meistens allein. Er hatte noch seine Schulbildung und seinen Job, um sich von seinen Problemen abzulenken, aber innerlich war er immer noch zutiefst verletzt.

Da Maryanne nun für die gesamte Instandhaltung ihres Hauses verantwortlich war, sorgte Leos Mutter dafür, dass er ihr helfen konnte, wann immer sie etwas brauchte. Wenn es eine kleine Reparatur oder Arbeit im Haus gab, die erledigt werden musste, war Leo da, um seiner inzwischen geschiedenen Nachbarin zu helfen. Seine Mutter musste ihm nicht sagen, dass er helfen sollte, er hätte es sowieso getan. Er hatte schreckliches Mitleid mit Maryanne und wusste, dass Albert für seine Mutter da sein würde, wenn sie Hilfe brauchte. Es war das Mindeste, was er tun konnte, um einer Freundin und jemandem zu helfen, der wie eine zweite Mutter für ihn war.

Leo war mehrmals pro Woche bei Maryanne zu Hause und half ihr bei allem, was getan werden musste. Er bemerkte auch eine Veränderung ihres Körpers. Maryanne trainierte mit einem persönlichen Trainer im Fitnessstudio und schon bald hatte sie abgenommen und ihr Körper war straffer geworden. Die bessere körperliche Verfassung stärkte Maryannes Selbstvertrauen und sie begann, Kleidung zu tragen, die ihre Figur besser betonte, eine Tatsache, die Leo nicht entging.

Er hatte Maryanne vor ein paar Monaten nackt gesehen und konnte nicht anders, als sich zu fragen, wie ihr Körper jetzt aussah. Er versuchte, seine Gedanken unter Kontrolle zu halten, aber das erwies sich als unmöglich für einen geilen Teenager, der keinen Sex hatte. Leo starrte Maryannes Hintern in ihrer Trainingskleidung genauer an. Obwohl sie abgenommen hatte, war er immer noch rund und fleischig. Sie neigte auch eher dazu, im Haus Sport-BHs oder enge Tanktops zu tragen. Leo mochte Maryannes Brüste sehr.

Die Bilder, wie er Maryanne zuvor nackt und mit ihrem neuen, schlanken Körper gesehen hatte, wurden zum Futter für Leos Masturbationsfantasien. Spät in der Nacht oder wenn er allein war, ertappte er sich oft dabei, wie er bei dem Gedanken daran, was er gerne mit der Mutter seines besten Freundes machen würde, einen runterholte. Er fragte sich, wie es wäre, ihre großen Brüste zu streicheln und daran zu saugen oder ihren üppigen Hintern zu packen. Das führte natürlich dazu, dass er darüber nachdachte, wie es wäre, ihre Lippen um seinen Schwanz zu legen oder eine geile ältere Frau zu ficken.

Leo war nicht der Einzige, der sexuelle Fantasien hatte. Maryanne starrte intensiver auf Leos jugendlichen Körper und erinnerte sich an die Beule in seiner Unterwäsche an jenem schicksalshaften Morgen. Er war ein großer junger Mann mit starken Armen und breiten Schultern. Er zog oft sein Hemd aus, wenn er im Garten half. Sie hatte oft das Verlangen, mit ihren Händen über seine großen Muskeln und seine behaarte Brust zu fahren. Maryanne wollte ihre Hände unbedingt in seinen festen, muskulösen Hintern versenken. Sie schloss auch nachts die Augen, während sie mit ihrem Vibrator über ihren nackten Körper fuhr und davon fantasierte, mit dem jugendlichen Körper ihres Nachbarn zu spielen. Es war fast ein Jahr her, seit sie keinen Sex mehr gehabt hatte, und ihre Muschi juckte nach Aufmerksamkeit. Sie fragte sich, wie Leos Schwanz schmeckte und wie es sich anfühlen würde, von einem geilen jungen Adonis gefickt zu werden.

Beide wussten, dass sie ihre Fantasien niemals ausleben konnten. Sie kannten sich schon zu lange und fühlten sich beide schuldig wegen dem, was ihnen durch den Kopf ging, wenn sie zusammen waren. Leo konnte auf keinen Fall die Mutter seines besten Freundes ficken, selbst wenn sie es wollte. Das wäre einfach falsch und respektlos. Wenn sie erwischt würden, wäre ihre Freundschaft für immer zerstört.

Bei Maryanne war es genauso. Leo war der beste Freund ihres Sohnes und seine Mutter ihre beste Freundin. Es war so tabu, auch nur daran zu denken, was sie mit ihm machen wollte. Für sie war es nichts weiter als eine sündige Fantasie, die sie nie in die Tat umsetzen wollte. Es war nichts falsch daran, einen gutaussehenden, körperlich fitten jungen Mann sexuell zu begehren, aber es weiter zu treiben, wäre moralisch falsch. Es waren Maryannes private, unreine Gedanken und sie rationalisierte sie damit, dass Männer junge Frauen ständig so anschauen, also war es für sie in Ordnung, dasselbe zu tun.

Das hielt Maryanne nicht davon ab, weiterhin zu versuchen, Leos anerkennende Blicke auf sich zu ziehen, indem sie ihm diskret ihren Körper präsentierte. Sie begann, kürzere, engere Shorts zu tragen, wenn er in der Nähe war. Sie begann, öfter ohne BH zu gehen, da sie wusste, dass er seine Augen nicht von ihren hervorstehenden Brustwarzen abwenden konnte oder davon, einen Blick in ihr Hemd zu erhaschen. Sie fühlte sich ungezogen, wenn sie ihn neckte, und befriedigte sich später mit ihren Fingern und ihrem Vibrator.

Leo wichste auch beim Anblick von Maryannes Brustwarzen oder den meisten ihrer Brüste. Manchmal konnte er ihre Bikiniunterwäsche durch den gedehnten Stoff ihrer Shorts sehen, wenn sie sich vor ihm bückte. Er fragte sich, ob sie ihn absichtlich neckte, verwarf diese Gedanken jedoch schnell als lächerlich. Das hielt ihn jedoch nicht davon ab, ihr an den Hintern fassen oder sie bücken und hart ficken zu wollen. Genau das dachte er, wenn er nachts wichste.

Einmal, als Leo Maryanne bei der Gartenarbeit half, trug sie ein Bikinioberteil unter dem Vorwand, sich sonnen zu wollen. Das Oberteil hing jedoch locker an ihr herunter und als sie sich vorbeugte, um Unkraut zu jäten, konnte Leo ihre gesamten Brüste bis zu den Brustwarzen sehen.

Er dachte: „Sie muss wissen, was sie tut. Es ist unmöglich, dass sie nicht weiß, dass sie mir ihre Titten zeigt."

Leo konnte seinen Penis nicht unter Kontrolle halten. Er bekam immer wieder Erektionen und musste in einen anderen Teil des Gartens gehen, damit Maryanne seine missliche Lage nicht bemerkte und um sich nicht zu blamieren. Sie musste mindestens einmal gesehen haben, wie sich in seinen Shorts ein Zelt bildete. Er stand direkt vor ihr und sah ihr ins Oberteil, während sein Penis zu wachsen begann. Ihr Gesicht war praktisch in seinem Schritt, als sie ihn ansah, bevor sie mit einem wissenden Grinsen zu ihm aufsah. Er ging weg, um weitere Peinlichkeiten zu vermeiden.

Maryannes Verlangen nach ihrem jugendlichen Nachbarn wurde nur noch schlimmer, nachdem sie sah, wie er eine Erektion bekam. Sie merkte, dass sie sich auch selbst neckte. Das Wissen, dass ein junger, erigierter Schwanz so nah bei ihr war, ließ sie seine Shorts runterziehen, ihn in ihren Mund stecken und daran lutschen wollen, bevor sie ihn ritt. Je mehr sie Leo neckte, desto mehr überlegte sie, ihren fleischlichen Gelüsten nachzugeben. Sie sagte sich, dass sie die Kontrolle behalten musste. Sie konnte es niemals zulassen.

Leo fragte sich, wie lange er es aushalten konnte, Maryanne etwas anzutun oder zu sagen. Er vermutete, dass Maryanne ihn vielleicht absichtlich neckte, aber er verwarf diese Idee schnell als lächerlich. Es ist unmöglich, dass die Mutter seines Freundes ihn anmacht. Obwohl sein Verlangen, sie zu ficken, immer größer wurde, dachte er, es wäre Wunschdenken, dass sie ihn auch ficken wollte. Er dachte, er müsste die Stadt verlassen, wenn er versuchte, sie zu ficken, und sie ihn für seine Bemühungen auslachte. Es wäre schlimmer, wenn sie es seiner Mutter erzählen würde. Er würde es nie verwinden. Das hielt ihn jedoch nicht davon ab, bei der Aussicht, seine ältere Nachbarin zu ficken, zu wichsen.

Maryanne wusste, dass sie irgendwann wieder anfangen musste, sich zu verabreden, aber nach so langer Ehe war es schwierig, auch nur daran zu denken, sich zu verabreden. Sie war in ihren Gewohnheiten festgefahren, litt immer noch unter ihrer Scheidung und hatte Angst, wieder verletzt zu werden. Leos Mutter schlug ein paar alleinstehende Männer vor, aber Maryanne war nicht interessiert. Sie war immer noch geil und überlegte, sich einen Typen für einen One-Night-Stand zu suchen, aber auch das fiel ihr schwer. Sie meldete sich bei einer Online-Dating-Site an, was ihr nur noch mehr Angst machte. Sie war entsetzt über die Anzahl der Schwanzbilder, die sie erhielt, und fragte sich, ob es da draußen noch vernünftige alleinstehende Männer gab.

Leo hatte ein ähnliches Problem. Er hatte Probleme, über seinen Liebeskummer hinwegzukommen. Er hatte zwar ein paar Dates und mit einigen von ihnen Sex, aber das war nicht dasselbe wie mit Katie. Er dachte, er liebte sie, aber sie empfand nicht dasselbe. Der Gedanke, dass sie mit anderen Typen ausging oder, noch schlimmer, mit ihnen Sex hatte, verhinderte die Heilung seines Herzens.

Er verbrachte immer mehr Zeit bei Maryanne, besonders wenn seine Eltern nicht zu Hause waren. Leo schätzte ihre Gesellschaft und ihre Führung, wenn es um Schule, Karriere und sogar sein Liebesleben ging. Sie ermutigte ihn, wieder mit jemandem auszugehen, obwohl sie heimlich in ihren jugendlichen Nachbarn verknallt war.

Maryanne unterstützte Leo und sagte ihm: „Eines Tages wirst du das richtige Mädchen finden. Es ist nur eine Frage der Zeit. Du bist ein hübscher junger Mann. Du musst dich da rauswagen und ein Risiko eingehen."

Kapitel Zwei

„Ich weiß, aber es ist schwer. Warum gehen Sie nicht aus, Mrs. G?“

„Es ist noch schwerer, wenn Sie in meinem Alter sind. Es gibt zu wenige gute Männer. Sie sind entweder schon vergeben oder es gibt einen Grund, warum sie in diesem Alter noch Single sind.“

„Sie sind eine hübsche Frau, Mrs. G. Ein Mann kann froh sein, mit Ihnen auszugehen.“

„Finden Sie mich wirklich hübsch?“, antwortete sie und angelte nach einem Kompliment.

Leo errötete und antwortete: „Na klar. Sogar unsere Freunde finden das.“

„Ach wirklich? Was sagen sie?“

„Das will ich nicht sagen. Das ist ziemlich drastische Männersprache.“

„Mir macht das nichts aus, Leo. In meinem Alter habe ich schon alles gehört. Komm schon, ich werde nicht böse sein.“

„Na ja, man sagt, du bist eine MILF. Weißt du, eine Mutter, die ich gern wäre, weißt du.“

„Scheiße.“

Leo nickte nur und errötete.

„Was sagen sie sonst noch?“

Maryanne war neugierig, was die Freunde ihres Sohnes über sie sagten und dachten.

„Ich weiß nicht, Mrs. G. Das ist Männersprache.“

„Ich weiß, ich will es nur wissen.“

Leo zögerte, holte tief Luft und sagte: „Weißt du, sie finden, du hast schöne Brüste und einen schönen Hintern.“

Leo wurde diese Diskussion zunehmend unangenehmer und es wurde noch unangenehmer, als Maryanne fragte:

„Findest du, ich habe schöne Brüste und einen schönen Hintern?"

Er sagte kein Wort, wurde aber knallrot, woraufhin Maryanne sagte: „Das ist okay, du musst das nicht beantworten. Ich hätte dich nicht in Verlegenheit bringen sollen."

Sie war zufrieden damit, zu bestätigen, was sie bereits wusste. Das einzige Problem für Leo war, dass seine Enthüllung Maryanne nur ermutigte, ihn noch weiter zu necken.

Wenn seine Eltern nicht zu Hause waren oder bereits zur Arbeit gegangen waren, lud Maryanne Leo manchmal zum Frühstück ein. Es war schwierig für einen heranwachsenden jungen Mann, eine Einladung zu hausgemachten Pfannkuchen oder Waffeln abzulehnen. Sein Lieblingsessen waren Speck und Eier mit Keksen und Soße. Wenn er ankam, trug Maryanne immer noch ihr Nachthemd oder Schlafshirt. Auch wenn es keine sexy Kleidung war, waren ihre Outfits dennoch etwas freizügig.

Wenn Maryanne ein Baumwollnachthemd trug, drückten ihre Brustwarzen gegen den Stoff und wenn sie sich bückte, um eine Pfanne aus dem Schrank zu holen, konnte er ihr Bikinihöschen darunter sehen. Manchmal fiel es ihm schwer, sich auf das Frühstück zu konzentrieren, da er wusste, dass Maryanne unter ihrem Nachthemd sehr wenig trug. Sie bekam einen Kick, als Leo seinen steifen Schwanz vor ihr verstecken musste. Sie wusste, dass es falsch war, aber sie hatte trotzdem die gewünschte Wirkung auf ihn.

Wenn Maryanne ein kurzes Nachthemd trug, rutschte es über ihren Hintern, wenn sie nach einer Schüssel auf dem obersten Regal griff oder sich bückte, um etwas aus dem

Kühlschrank zu holen. Leo konnte entweder ihr Höschen sehen oder ihren nackten Hintern, wenn sie einen Tanga trug.

Er war sich nicht sicher, wie lange er diese sexuelle Folter noch ertragen konnte. Meistens musste er nach Hause gehen, um sich noch schnell einen runterzuholen, bevor er zur Schule oder zur Arbeit ging. Was er nicht wusste, war, dass Maryanne dasselbe tat, nachdem er gegangen war. Sie ging in ihr Schlafzimmer, zog sich nackt aus und holte ihren Vibrator heraus. Sie kam zum Orgasmus, wenn sie an all die schmutzigen Dinge dachte, die sie mit Leo machen wollte. Ihre Fantasien wurden nur noch verstärkt, wenn sie sah, dass sie ihn „erregend" machte.

Maryanne wusste, dass sie mit dem Feuer spielte, aber es war eines der riskantesten Dinge, die sie jemals in ihrem Leben getan hatte. Außerdem machte es Spaß, die Aufmerksamkeit eines jungen Mannes auf sich zu ziehen. Es gab ihr ein gutes Gefühl und machte einen langweiligen Tag etwas munterer.

Jedes Mal, wenn sie mit dem Masturbieren fertig war, sagte sie sich, dass sie aufhören müsse, Leo zu necken, bevor die Dinge außer Kontrolle gerieten. Allerdings rechtfertigte sie ihre Handlungen immer als harmlosen Spaß und sagte sich, dass sie es mit dem besten Freund ihres Sohnes nie zu weit gehen lassen würde. Es gab ihr ein gutes Gefühl, das Objekt der Begierde eines jungen Mannes zu sein, ohne dass jemand verletzt wurde.

Leo führte ähnliche Gespräche mit sich selbst. Er versuchte, nicht zum Frühstück nebenan zu gehen, aber sein Magen schien immer zu siegen. Er dachte, wenn Maryanne nicht wollte, dass er sie ansah, würde sie sich nicht so anziehen. Wenn sie ihm ihre Titten und ihren Hintern zeigen wollte, konnte es nicht schaden, nur zuzuschauen. Er war überzeugt, dass es nie weiter gehen würde.

Noch unangenehmer wurde es für Leo, als Maryanne ihn umarmte, bevor er am Morgen ging. Sie hatte ihm anvertraut, dass sie sich einsam fühlte, weil sie das große Haus ganz für sich allein hatte, und dass sie seine Gesellschaft am Morgen schätzte. Als er an diesem Tag ging, umarmte sie ihn fest und dankte ihm, dass er für sie da war. Sie trug an diesem Tag ein Baumwollnachthemd und er konnte ihre Brüste an seiner Brust spüren. Er wusste nicht, was er tun sollte, also legte er seine Arme um sie. Leo spürte, wie sein Schwanz steif wurde, und zog sich zurück. Maryanne warf einen kurzen Blick auf seinen Schritt und sah, wie sein halbsteifer Schwanz an seinem Hosenbein drückte.

Maryanne ließ ihre Hände über Leos feste Schultermuskeln gleiten, als sie ihn aus ihrer Umarmung löste. Ihre Fantasie während ihrer Masturbationssitzung an diesem Morgen war unglaublich anschaulich. In ihrer Vorstellung würde Leo der Angreifer sein, was sie von jeglicher Verantwortung für Sex mit ihrem jungen Nachbarn befreien würde. Sie würde versuchen, seinen Annäherungsversuchen zu widerstehen, aber diese Bemühungen würden sich als erfolglos erweisen.

In ihrer Fantasie würde Leo ihre Brüste streicheln und ihren Hintern drücken, bevor er ihr sagte, sie solle auf die Knie gehen und seinen Schwanz lutschen. Sobald sie sein hartes Fleisch sah, würde ihr Widerstand nachlassen. Sie würde ihm einen nuttigen Blowjob geben und ihn dann in ihr Schlafzimmer führen, damit sie die ganze Nacht durchficken könnten. Sie wusste, dass ihre Gedanken falsch waren, aber sie war etwas, das sie nicht kontrollieren konnte.

Leo und seine Freunde fragten sich immer, wie es wäre, eine ältere Frau zu ficken. Sie hatten gehört, dass sie erfahrener waren und genau wussten, wie man einen Kerl lutscht und fickt. Sie hatten vorher darüber gesprochen, wie es wäre, Alberts Mutter zu ficken, wenn er nicht da war. Sie sprachen anschaulich über Maryannes Titten und wollten sie vorbeugen und von hinten ficken, damit sie ihren kurvigen Arsch festhalten konnten. Leo fragte sich, ob seine ältere Nachbarin ihm Avancen machte oder ob es nur sein Wunschdenken war. Er fragte sich, ob er den Mut hätte, die Mutter seines besten Freundes zu ficken, wenn er die Gelegenheit dazu hätte. Er wusste, dass sein Schwanz herausfinden wollte, wie es wäre, sie ins Bett zu kriegen.

Leo ging nicht jeden Tag zu Maryanne zum Frühstück oder um im Haushalt zu helfen, vielleicht ein paar Mal pro Woche. Aber wenn er dort war, war es immer dasselbe: Er betrachtete ihren Körper und fragte sich, ob sie absichtlich angab, um ihn in Versuchung zu führen. Er wusste nur, dass er umso mehr darüber nachdachte, was er mit Maryanne anstellen wollte, je öfter er sie sah.

Eines Donnerstags, als Leos Eltern einen längeren Urlaub machten, wurde es heiß. Er war alt genug, um für sich selbst zu sorgen, aber Maryanne lud Leo zum Abendessen ein. Es war nichts Besonderes, nur ein Hühnchenessen, aber es war besser, als wieder Pizza zu essen, also nahm er ihre Einladung an. Es war ein schönes Abendessen für sie beide. Es war besser, als den Abend allein zu verbringen.

Maryanne trug ein gelbes Tanktop und schwarze Leggings, die jede Kurve ihres Hinterns betonten. Es war sehr ablenkend für Leo, da seine Augen auf ihren Hintern gerichtet waren, während sie sich in der Küche bewegte. Er bot seine Hilfe an, aber sie hatte alles unter Kontrolle. Während sie das Abendessen servierte, beugte sich Mayranne vor, um Leo sein Essen zu servieren, und sein Blick fiel sofort auf ihr entblößtes Dekolleté. Ihre Brüste hingen nur Zentimeter von seinem Gesicht entfernt und er kämpfte gegen den Wunsch an, ihre üppigen Hügel zu streicheln, die von einem weichen Spitzen-BH an Ort und Stelle gehalten wurden.

Als Leo merkte, dass er in Maryannes Bluse starrte, ertappte er sich und sah auf, um zu sehen, ob sie es bemerkte. Und tatsächlich sah sie ihn mit einem leichten Lächeln im Gesicht an. Es war offensichtlich, dass es ihr nichts ausmachte, dass er ihr ins Oberteil sah.

Sie unterhielten sich sehr nett beim Abendessen, während sie über die Schule, ihre Lieblingsfernsehsendungen und mögliche Freundinnen für Leo sprachen. Er sagte, er sei noch dabei, über Katie hinwegzukommen, versuche aber, mehr auszugehen, aber das tue er nicht gut. Maryanne konnte das nachvollziehen und sagte, sie habe auch keine anständigen Aussichten gefunden. Sie hatte es satt, dass die Leute versuchten, sie mit alleinstehenden Männern zu verkuppeln, die sie kannten.

Maryanne sagte weiter: „Ich brauche keinen Freund, ich brauche nur jemanden für eine Nacht“, und sie lachte.

Sie sagte weiter: „Tut mir leid. Das sind wahrscheinlich zu viele Informationen für dich.“

„Das ist okay. Ich verstehe“, antwortete Leo, aber er fragte sich, ob sie damit andeuten wollte, dass sie das von ihm wollte.

Maryanne wechselte das Thema, schalt sich aber dafür, dass sie bei einem jungen Mann so dreist war. Sie wusste, dass er ihren Körper musterte, aber sie musterte auch sein attraktives Aussehen, seine große Gestalt und seine breiten Schultern und Brust. Sie wusste, dass sie bald Sex haben musste, sonst würde sie sich in Leos Gegenwart vielleicht nicht beherrschen können.

Nach dem Abendessen lud Maryanne Leo ein, zu bleiben und einen Film anzuschauen. Er hatte nichts anderes vor, also beschloss er zu bleiben. Wahrscheinlich hätte er zu Hause einen Film angeschaut und er dachte, es wäre besser, einen mit Maryanne anzuschauen. Außerdem könnte er so ihren heißen Körper noch eine Weile länger anschauen.

Bevor sie anfingen, den Film anzuschauen, sagte Maryanne, sie wolle es sich bequem machen. Als sie zurückkam, bemerkte Leo, dass sie ihren BH ausgezogen hatte. Ihr dunkelbrauner Warzenhof war schwach durch ihr Hemd zu sehen und ihre Brustwarzen stachen hervor, was Leo dazu veranlasste, auf ihre Brüste zu starren, die bei jedem Schritt wackelten. Er wusste nicht, was er denken sollte. Hatte sie ihren BH ausgezogen, um ihn absichtlich zu necken, oder war es einfach nur unbequem?

Leo sagte Maryanne, es sei ihm egal, welchen Film sie ansahen, also suchte sie sich eine romantische Komödie aus. Sie saßen an entgegengesetzten Enden des Sofas und tauschten Blicke aus. Sowohl Leo als auch Maryanne fanden den jeweils anderen sehr süß und sexy. Sie fragten sich beide, ob etwas zwischen ihnen passieren würde und wenn ja, wie es ausgehen würde. Wer würde den ersten Schritt machen? Was, wenn ihre Avancen zurückgewiesen würden, wie würden sie damit klarkommen?

Etwa in der Mitte des Films gab es eine heiße Sexszene mit viel Nacktheit, die den Abend noch peinlicher machte. Allerdings steigerte sie auch die sexuelle Spannung im Raum. Leo bekam eine Erektion, während Maryannes Muschi feucht wurde. Der Film enthielt simulierten Oralsex und die Charaktere liebten sich in mehreren Stellungen, bevor sie beide zum Orgasmus kamen. Maryanne und Leo hatten Angst, einander anzusehen, als die Szene vorbei war.

Maryanne brach das Schweigen, als sie kommentierte: „Wow. Seit Jahren hat niemand mehr so mit mir geschlafen."

Sie entschuldigte sich weiter: „Es tut mir leid, das wollten Sie wahrscheinlich nicht wissen."

„Das ist okay, Mrs. G. Das war eine heiße Szene."

Leo fragte sich weiterhin, ob sie angedeutet hatte, dass sie Sex mit ihm haben wollte, aber er hatte zu viel Angst, ihr nachzugehen. Er konnte nicht mit der Mutter seines besten Freundes schlafen, selbst wenn sie es wollte. Er wäre wütend, wenn Albert mit seiner Mutter schlafen würde, aber Maryanne machte es ihm schwer, nicht die Möglichkeit in Betracht zu ziehen, dass sie ihn vielleicht wollte. Er wollte sie auch unbedingt, aber er tat sein Bestes, um zu widerstehen.

Maryanne dachte auch über die möglichen Auswirkungen einer sexuellen Beziehung mit Leo nach. Sie wusste, dass es falsch war, aber je mehr sie von seinem jugendlichen Körper sah, desto stärker wurden ihre Gedanken von ihren sexuellen Trieben beherrscht. Sie sah die Beule in seiner Hose mehr als einmal und dachte, es wäre eine Verschwendung einer guten

Erektion, ihn wichsen zu lassen, wenn ihre Muschi etwas Aufmerksamkeit brauchte und sie besser nutzen konnte.

Den Rest des Films herrschte eine unangenehme Stille, und als der Film zu Ende war, wurde es noch schlimmer. Es schien, als warteten Maryanne und Leo beide darauf, dass der andere etwas sagte oder tat. Es lag immer noch eine sexuelle Spannung in der Luft, aber keiner von beiden wollte das Risiko eingehen, ihre Beziehung weiter zu vertiefen.

Nach einigen Minuten sinnlosen Gesprächs sagte Leo: „Also, danke für das Abendessen und den Film, Mrs. G. Ich sollte jetzt gehen. Ich habe morgen früh Unterricht."

„Ich denke, du kannst mich jetzt Maryanne nennen, Leo. Ich hatte heute Abend Spaß. Ich hoffe, wir können es irgendwann wieder tun."

„Ja klar, äh, Maryanne. Wow, es fühlt sich komisch an, dich beim Vornamen zu nennen. Ja, ich hatte auch Spaß. Es war auch schön, eine selbst gekochte Mahlzeit zu haben. Du bist eine großartige Köchin."

Leo stand auf, um zu gehen, sehr zu Maryannes Enttäuschung. Kurz bevor er zur Tür kam, streckte sie ihre Arme aus, um ihn zum Abschied zu umarmen. Als sie sich umarmten, hielt sie Leo noch ein paar Augenblicke länger fest und genoss es, in den großen, starken Armen eines jungen Mannes gehalten zu werden. Er konnte ihre Brüste an seiner Brust spüren und sie konnte seinen halbsteifen Schwanz an ihrem Oberschenkel spüren. Maryanne wollte Leo unbedingt mit ins Schlafzimmer nehmen und die ganze Nacht auf seinem jungen, harten Schwanz reiten, hatte aber nicht den Mut dazu. Leo war ebenso geil und wollte die Reize seiner attraktiven MILF-Nachbarin ausprobieren, hatte aber auch Angst, den

Schritt zu wagen und sie zu fragen, ob sie Sex mit ihm haben möchte.

Als sie sich trennten, sahen sie sich in die Augen und hofften, der andere könne ihre Gedanken lesen. Sie versuchten beide, den Mut aufzubringen, den anderen zu fragen, ob sie Sex haben wollten, aber die Worte kamen nicht über ihre Lippen. Maryanne kämpfte gegen den Drang an, die Führung zu übernehmen und Leo zu küssen, und er wartete auf das letzte Signal, um sicherzugehen, dass sein Instinkt richtig war, bevor er riskierte, sich an die Mutter seines besten Freundes ranzumachen.

Beide wussten, was sie wollten, hatten aber Angst, etwas zu sagen. Daher ging Leo sexuell frustriert nach Hause, um sich in der Einsamkeit seines Zimmers einen runterzuholen. Ebenso war Maryanne wieder einmal allein mit ihrem Vibrator.

Leo streichelte sich bei dem Gedanken, mit einer älteren Frau zusammen zu sein, die seinen Schwanz lutschen und ihn stundenlang ficken würde. Er hatte Maryanne vor Monaten nackt gesehen und wollte seine Hände und Lippen auf ihre üppigen Brüste legen und seine Finger in ihren weichen Hintern versenken. Er wollte eine offensichtlich sexuell frustrierte ältere Frau ficken, die ihn seit Monaten gereizt hatte.

Maryanne wiederholte ihre Fantasie, einen jüngeren Jungen als Spielzeug zu haben. Sie würde stundenlang mit seinem harten Schwanz spielen. Sie wollte ihre Lippen um einen steinharten Schwanz legen und ihn ihre Muschi zu mehreren Orgasmen stoßen lassen. Obwohl ihr Vibrator ihr etwas Erleichterung verschaffte, konnte er immer noch nicht das harte Männerfleisch ersetzen, das sie so verzweifelt begehrte und brauchte.

Am nächsten Tag dachte Maryanne immer wieder an ihre missliche Lage. Sie musste entweder ihren fleischlichen Gelüsten nachgehen oder Abstand zu Leo halten. Dazwischen durfte es nichts mehr geben.

Auch Leo war am Ende seiner Kräfte. Er musste sich entscheiden, ob er Maryanne mitteilen wollte, dass er Sex mit ihr haben wollte, oder ob er aufhören sollte, so oft dorthin zu gehen. Er war sich zu 90 Prozent sicher, dass sie ihn absichtlich neckte, und er konnte es einfach nicht mehr ertragen. Neckte sie ihn nur oder wollte sie mehr?

Der Tag der Entscheidung für beide war Samstag, als Leo Maryanne im Garten helfen wollte. Er wollte abwarten, ob sie ihn weiterhin necken würde oder nicht. Wenn ja, würde er seinen Zug machen. Es war nichts, woran er vor ihrer Scheidung auch nur gedacht hatte, aber er war ein geiler junger Mann im Teenageralter, dessen Hormone außer Kontrolle gerieten. Er konnte der Versuchung einer heißen älteren Frau, die ihn vielleicht noch länger wollte, nicht widerstehen.

Bei Maryanne war es dasselbe. Sie machte selbst einige hormonelle Veränderungen durch, die dazu führten, dass sie männliche Aufmerksamkeit wollte und brauchte. Der Gedanke, in ihrem Alter noch einmal auszugehen, war beängstigend. Sie suchte keine Beziehung; sie suchte nach einem schönen harten Schwanz. Sie hatte vor ihrer Scheidung mehrere Monate lang keinen Sex mit ihrem Mann gehabt und seitdem waren Monate vergangen. Selbst als sie Sex hatten, war der Nervenkitzel für beide längst verflogen. Ihre Muschi juckte nach etwas Aufmerksamkeit.

Dieser Samstag war einer der heißesten Tage des Jahres. Maryanne bot Leo sogar an, an einem anderen Tag im Garten zu helfen, wenn es kühler war, aber er bestand darauf, dass es ihm gut ging. Er trug leichte Turnhosen und ein enges weißes Muskelshirt. Er war ein Prachtexemplar eines starken jungen Mannes. Das war einer der Hauptgründe, warum Maryanne ihre Augen nicht von ihm abwenden konnte.

Maryanne trug weiße Spandex-Shorts, die sie normalerweise im Fitnessstudio trug, und ein rosa Neckholder-Top aus Baumwolle mit tiefem V-Ausschnitt. Es war deutlich zu sehen, dass sie keinen BH trug und viel Dekolleté zeigte. Als sie sich vorbeugte, hatte Leo einen tollen Blick auf ihren Hintern oder die meisten ihrer Brüste. Er dachte, sie müsste wissen, wie viel sie ihm zeigte. Andererseits wusste er, dass sie ihn auch musterte.

Wie die meisten Männer war Leo stolz darauf, seine Muskeln und seine Kraft zu zeigen, indem er Schubkarren voller Erde bewegte und mit einer Schaufel Löcher grub. Den größten Teil des Nachmittags arbeitete Leo ohne Hemd. Es war zu heiß, um eins zu tragen, aber er versuchte auch, seinen muskulösen Oberkörper zu zeigen, was Maryannes Aufmerksamkeit und Komplimente auf sich zog.

„Ich kann dir nicht genug dafür danken, dass du mir heute geholfen hast, Leo. Es ist schön, einen großen, starken Mann um mich zu haben, der mir hilft."

„Gern geschehen, Mrs. G. Es tut mir leid, Maryanne. Ich helfe dir jederzeit gerne."

Sie machten mehrere Pausen, um genug zu trinken, und schwitzten beide. Nachdem sie ein paar Stunden lang mehrere kleine Bäume und ein paar Büsche gepflanzt hatten, waren sie beide bereit, für heute Schluss zu machen. Maryanne holte den Schlauch heraus, um die neuen Pflanzen zu bewässern.

Dabei hielt Leo seine Hände unter das fließende Wasser, um sie abzuwaschen und sich etwas davon über den Kopf zu gießen, um sich abzukühlen. Maryanne sah zu, wie der Schweiß und das Wasser an seinem harten Körper und über seine Muskeln tropften. Sie wollte jeden Tropfen von seiner nackten Haut lecken.

Maryanne war in einer verspielten Stimmung und spritzte Leo ein paar Mal mit dem Schlauch nass. Er fand es bis zu einem gewissen Punkt lustig und bat sie dann aufzuhören, aber sie spritzte ihn immer wieder nass. Leo war selbst in einer verspielten Stimmung und wollte, dass sie aufhörte, also beschloss er, Maryanne den Schlauch wegzunehmen.

Während sie um den Schlauch rangen, waren sie beide von Kopf bis Fuß klatschnass und lachten hysterisch. Leo rang Maryanne den Schlauch weg und drehte ihn ab. Als sie beide klatschnass dastanden, klebten Leos Shorts an seinem Körper und ließen die Umrisse seiner Beule darunter deutlich erkennen. Da Maryanne jedoch ebenfalls klatschnass war, war ihr Neckholder-Top völlig durchsichtig und klebte an ihrem Körper. Sie hätte genauso gut oben ohne sein oder an einem Wet-T-Shirt-Wettbewerb teilnehmen können.

Sie standen da und starrten einander an. Leo starrte auf Maryannes entblößte Brust und sie auf die Beule zwischen seinen Beinen, die sich immer weiter ausbreitete. Jetzt war alles anders. Leo bemühte sich nicht, seine Erektion zu verbergen. Tatsächlich wollte er, dass sie sah, welche Wirkung sie auf ihn hatte. Maryanne versuchte dagegen nicht, ihre Brüste vor Leos Blick zu verbergen. Sie ließ ihn stolz darauf blicken. Ihre Brustwarzen wurden hart von dem kühlen Wasser und der sexuellen Erregung, die sie fühlte.

Sie standen beide schweigend da, was wie eine Stunde schien, aber in Wirklichkeit waren es nur ein paar Sekunden. Es schien, als wartete jeder darauf, dass der andere etwas tat oder sagte.

Es wurde kein Wort gesprochen, als Leo zwei langsame Schritte auf Maryanne zuging. Ihr Herz raste, als der junge Mann auf sie zukam. Ihr Gesicht war rot, als sie den Blick von der Beule in seinen nassen Shorts abwandte und ihm mit Lust in den Augen ins Gesicht sah. Leo hatte die Kontrolle über seine Handlungen verloren und folgte seinen hormonellen Trieben.

Maryanne schloss die Augen und schnappte hörbar nach Luft, als sie Leos Hände ihre weichen, cremigen Brüste umschlossen spürte. Ihr Verstand sagte ihr, dass es falsch war, diesen Weg einzuschlagen und dass sie ihn sofort stoppen sollte, aber ihr Körper sagte ihr etwas anderes. Sie wollte ihm sagen, dass er aufhören sollte, aber die Worte kamen nicht über ihren Mund. Es war so lange her, dass ein Mann sie angesehen und sie mit solcher Leidenschaft berührt hatte, dass sie sich ihren sexuellen Bedürfnissen hingab. Leos Hände fühlten sich so gut an, als er sanft ihre Brüste streichelte, dass Maryanne unmöglich die Worte finden konnte, um ihn zu stoppen, selbst wenn sie es gewollt hätte.

Als Leo sah, dass Maryanne keinen Widerstand leistete und den Ausdruck der Lust in ihren Augen sah, beugte er sich vor, um sie zu küssen. Als sich ihre Lippen berührten, fühlte es sich an, als ob ein Blitz durch ihre Körper schoss und ihre Leidenschaft füreinander in diesem Moment nur noch steigerte. Ihre gegenseitigen sexuellen Triebe übernahmen die

Kontrolle über ihre Handlungen, nachdem sie sich monatelang heimlich begehrt hatten.

Kapitel Drei

Ihre Zungen erkundeten die Münder des jeweils anderen, während sie ihre Knutscherei im Hinterhof fortsetzten. Maryannes Hände wanderten über Leos muskulöse Schultern und Rücken, in einer stillen Ermutigung, mit seiner Erkundung ihres üppigen Körpers fortzufahren. Sie spürte, wie seine Hände ihre flauschigen Arschbacken umklammerten und sie näher an seine Erektion zogen.

Leo hob ihr klatschnasses Oberteil hoch und beugte sich hinunter, um abwechselnd an ihren Brustwarzen zu saugen. Sie stöhnte lauter und begann, mit ihren Fingern durch sein Haar zu fahren, eine stille Ermutigung, seinen lustvollen Angriff auf ihre Brüste fortzusetzen.

Während Leo an ihren Brüsten saugte und mit ihnen spielte, griff Maryanne nach unten, um die Erektion des jungen Mannes in ihrer Handfläche zu ergreifen, und begann, ihn langsam zu masturbieren. Jetzt, da sie sein hartes Fleisch in der Hand hielt, wollte sie ihn noch mehr. Das Unvermeidliche war nun nicht mehr aufzuhalten, als Leo begann, Maryannes Neckholder-Oberteil hinten aufzubinden und es von ihrem Oberkörper zu ziehen. Dann ließ sie ihn in einer Bewegung ihre Shorts und ihr Höschen ausziehen und stieg nervös aus ihnen heraus. Er betrachtete die nun nackte Maryanne von ihren babyblauen Augen und ihrem hübschen Gesicht bis zu ihren verlockenden Brüsten und weiter bis zu ihrem haarigen Busch. Maryanne fühlte sich verletzlich, aber verführerisch, als die Augen ihres jungen Liebhabers ihren Körper erkundeten. Sie hoffte, ihm gefiel, was er sah.

Jetzt war sie an der Reihe, ihm seine nassen Shorts auszuziehen. Sie schluckte schwer, als Leos junger, harter Schwanz und seine Eier in Sicht kamen. Ihr Mann hatte sie seit fast einem Jahr nicht mehr sexuell befriedigt und Maryanne starrte jetzt auf einen Schwanz, der größer und härter war als alle, die sie seit langem gesehen hatte. Es war, als hätte sie gerade das beste Geschenk ausgepackt, das sie je bekommen hatte. Maryanne genoss das Wissen, dass sie diejenige war, die Leo so erregt hatte, dass sie ihm eine Erektion verschaffte, eine Erektion, der sie nun helfen wollte, ihm die dringend benötigte Erleichterung zu verschaffen, die er sich so sehr wünschte.

Maryanne fiel unkontrolliert auf die Knie, nahm Leos harten Schwanz in den Mund und begann, ihm direkt hier im Hof einen zu blasen. Er stöhnte und hielt Maryannes Kopf sanft in seinen Händen, während sie ihm einen fachmännischen Blowjob gab. Leo konnte nicht glauben, dass er die Mutter seines besten Freundes seinen Schwanz lutschen ließ. Maryanne dachte nicht einmal darüber nach, wessen Schwanz sie lutschte, sie lebte in dem Moment, in dem sie ihre sexuellen Bedürfnisse befriedigte. Es war zu lange her, seit sie Zugang zu einem harten Schwanz hatte, als dass sie diese Gelegenheit verpassen würde.

Leo stöhnte leise, als seine ältere Nachbarin seinen Schwanz in ihren Mund stopfte und ihn tief in den Rachen nahm, was in seinem unerfahrenen Sexleben eine Premiere war. Er hatte schon früher Blowjobs bekommen, aber niemand hatte ihn so tief genommen. Seine Augen rollten vor Lust nach hinten, als Maryanne ihre Zunge um seinen Schwanz kreisen ließ, während sie ihm einen blies. Als er auf sie herabblickte, konnte er nicht glauben, dass das wirklich passierte.

Maryanne hat es immer genossen, Blowjobs zu geben. Sie mochte es, ihren Mund voll mit dem harten Fleisch eines Mannes zu haben und ihren Liebhaber zu verwöhnen. Ein enthusiastischer Blowjob ist eines der sinnlichsten Dinge, die eine Frau für einen Mann tun kann. Es gab ihr das Gefühl, unterwürfig und nuttig zu sein, ihren Liebhaber mit ihrem Mund, ihren Lippen und ihrer Zunge zu befriedigen. Als er seinen Schwanz aus ihrem Mund zog, lehnte sie sich instinktiv zurück und spreizte ihre Beine, um Leo wissen zu lassen, dass sie ihm gehörte.

Maryanne legte sich aufgeregt in das kühle Gras und spreizte ihre Beine für ihren jungen Liebhaber. Leo blickte auf seine MILF-Nachbarin hinunter, die mit weit gespreizten Beinen ihm ihre haarige Muschi anbot. Er rutschte zwischen ihre Schenkel, spreizte ihre Beine weiter und starrte auf ihre Muschi. Ihr Mann war nie ein Fan von Oralsex mit ihr und war überrascht, als Leo seinen Kopf zwischen ihre Beine legte. Er konnte das süße Aroma ihrer Muschi riechen, als er seine Zunge herausstreckte und seinen Kopf senkte.

Als ihr jugendlicher Liebhaber seine Zunge in ihre Muschi steckte, krümmte Maryanne ihren Rücken, stöhnte und zog Leos Kopf tiefer in sich hinein. Er hatte nicht viel Erfahrung darin, einer Frau Oralsex zu geben, aber es war trotzdem ein Vergnügen für sie. In diesem Moment sprach Maryanne die ersten Worte zwischen ihnen, seit sie begonnen hatten, sich am Nachmittag gegenseitig zu verführen.

„Oh Gott, das fühlt sich so gut an, Leo. Hör nicht auf."

Ihre Ermutigung ließ ihn ihre Muschi schneller lecken, aber sie wies ihn an, langsamer zu machen. Er stellte fest, dass er auch das langsame, geschmackvolle Zungenspiel mit ihr genoss. Sie sagte ihm, wann er schneller werden oder wann er seine Zunge über ihre Klitoris schnippen lassen sollte. Er war ein guter Schüler ihrer Anweisungen, wie sie es mochte, wenn ihre Muschi geleckt wurde.

Als sie kurz vor dem Abspritzen stand, sagte sie zu Leo: „Jetzt sauge an meiner Klitoris und benutze dabei auch deine Zunge. Oh ja, genau so. Oh Gott, Leo, ich werde kommen. Bring mich zum Abspritzen. Bring mich zum Abspritzen."

Maryanne schrie vor Verzückung auf, als Leo sie zu einem intensiven Orgasmus brachte, dem intensivsten, den sie seit langer, langer Zeit erlebt hatte. Leo war stolz auf sich, dass er eine ältere und viel erfahrenere Frau sexuell befriedigen konnte. Dann kroch Leo zwischen Maryannes Beine, drückte ihre Knie zurück zu ihrem Kopf, wodurch ihre Muschi noch mehr freigelegt wurde, und drückte seinen harten, jungen Schwanz gegen sie. Ihre Augen waren aufeinander gerichtet, ihre Hände wanderten über seine großen, starken Arme zu seinem Rücken, als Leo zum ersten Mal in die Mutter seines besten Freundes glitt.

Leo schloss die Augen und biss sich leicht auf die Unterlippe, als er spürte, wie Maryannes Muschi seinen harten Schwanz umschloss. Er hatte sich gefragt, wie es wäre, seine ältere, sexy Nachbarin zu ficken, und er würde es bald herausfinden. Maryannes Brust hob und senkte sich vor Erregung, als der junge Mann begann, sie zunächst langsam zu ficken. Sie hatte seit Jahren keinen so leidenschaftlichen Sex mehr gehabt. Es war die Art von Sex, bei der sie beide ihre natürlichen sexuellen Wünsche befriedigen mussten. Sie hatten die Kontrolle über ihre Logik verloren, die ihnen sagte, dass das, was sie taten, falsch war. Ihre Hormone übernahmen die Kontrolle über ihre Gedanken bis zu dem Punkt, an dem sie sich gegenseitig ficken mussten, fast so sehr, wie sie atmen mussten.

Als Leo seinen jungen, harten Schwanz in sie hineinstieß, schrie Maryanne: „Oh, fick mich hart, Leo. Ich bin schon lange, lange nicht mehr so gefickt worden. Oh, ich brauche dich, um mich zu ficken. Fick mich, Leo."

Leo begann, tiefer und schneller in Maryanne einzudringen. Er bohrte ihre Muschi, wie es nur ein jüngerer Mann konnte. Sie war wütend auf sich selbst, dass sie ihn nicht früher gefickt hatte, denn es fühlte sich so gut an, endlich wieder einen steinharten Schwanz in sich zu haben.

Sie wechselten die Position, Maryanne beugte sich auf Ellbogen und Knien vor und bot Leo wieder ihre Muschi an. Er stellte sich hinter sie, packte ihre weichen Arschbacken und drang mit einem schnellen Stoß wieder in sie ein. Er fickte sie so hart, das Geräusch ihrer aufeinanderklatschenden Haut war so laut, dass sie sich Sorgen machte, die Nachbarn könnten es hören, aber es machte ihr zu viel Spaß, ihm zu sagen, er solle langsamer machen. Die Angst, erwischt zu werden, trug zu ihrer Aufregung bei. Ihre Titten baumelten wild herum, als sie in ihrem Hinterhof fickten. Sie waren beide schmutzig und schwitzten, als sie auf animalische Weise fickten. Sie liebten sich nicht, sie fickten geradezu im erotischsten Sinne des Wortes.

Nach einigen Minuten verkündete Leo: „Ich komme" und entließ einen Schwall seines jugendlichen Samens tief in Maryanne.

Leo spritzte einen Schwall seines Spermas nach dem anderen tief in Maryannes reife Muschi, während sie rief:

„Komm für mich, Leo. Komm in meine Muschi. Ich will dein Sperma in mir spüren."

Als er fertig war, ließ er sich auf Maryannes Rücken fallen, während sie ihr Gesicht auf dem Gras ablegte und ebenfalls nach Luft schnappte. Als er aus ihr herauszog, tropfte etwas von seinem Sperma auf den Boden, während er sich immer noch schwer atmend auf das Gras setzte. Maryanne kroch zwischen seine Beine und leckte seinen Schwanz sauber, wobei sie die Mischung aus ihren Säften und seinem Sperma schmeckte. Als er schlaff wurde, setzte sie sich wieder mit ihm auf das Gras.

„Das war großartig, Mr. G. Ich hatte noch nie so einen Sex."

„Da stimme ich zu, Leo. Ich kann mich nicht erinnern, wann Sex das letzte Mal so gut war."

Maryannes Gesicht war schmutzig, ihr Haar voller Gras und ihr Hintern und ihre Knie waren mit Schlamm bedeckt. Leos Schweiß rann über Gesicht und Brust und auch seine Knie waren mit Gras und Dreck bedeckt.

„Schau uns an", sagte Maryanne lachend, „wir sind ein einziges Chaos."

Leo fing auch an zu lachen und sagte: „Ja, aber es war es wert."

Sie legten sich ins kühle Gras, um sich von ihrem sexuellen Toben zu erholen, und Maryanne sagte zu Leo: „Du darfst niemandem davon erzählen, Leo. Wenn es sich herumspricht, wird es hässlich."

„Keine Sorge, Mrs. G, das bleibt ein Geheimnis zwischen uns. Versprochen."

„Ich habe dir gesagt, du sollst mich jetzt Maryanne nennen, Leo. Besonders nach dem, was wir gerade getan haben."

„Okay, Mrs. G, äh, ich, äh, meine, Maryanne."

„Das ist besser. Ich weiß nicht, wie es dir geht, aber ich muss mich saubermachen."

„Ja, ich auch."

„Warum kommst du nicht später zum Abendessen vorbei und wir könnten, äh, einen Film anschauen, Leo."

Er lächelte, da er genau wusste, was sie anbot, und antwortete: „Klar, ich habe nichts vor."

Leo log, er hätte nichts vor, aber er würde einen Abend mit Videospielen und Freunden absagen, um wieder Sex mit Maryanne zu haben.

Als Maryanne in ihr Zimmer kam, um zu duschen, sah sie sich im Spiegel an und musste lachen. Ihr Haar war zerzaust und voller Gras, Schlamm und Zweigen aus dem Garten. Ihr Rücken war zerkratzt und auch schmutzig. Ihre Knie waren gereizt, schlammig und bluteten ein wenig. Ihr Schamhaar war von einer Mischung aus Schweiß, ihren Säften und Leos Sperma verklebt. Ein Teil von ihr schämte sich für das, was sie gerade mit einem achtzehnjährigen jungen Mann gemacht hatte, aber sie war unheimlich stolz auf sich, dass sie sich gehen ließ und zum ersten Mal seit Jahren wieder etwas perversen, schlampigen Spaß hatte. Sie wünschte, sie könnte vor ihrer besten Freundin damit angeben, aber diese Person war zufällig Leos Mutter.

Leo wusste, dass ihre lebenslange Freundschaft vorbei sein würde, wenn Albert jemals herausfinden würde, dass er seine Mutter gefickt hatte. Er hatte auch allen Grund, das, was an diesem Tag passiert war, geheim zu halten. Jungs prahlen gerne mit ihren Eroberungen, aber das könnte bei Maryanne nie der Fall sein.

Maryanne und Leo wussten, dass das, was sie taten, für die meisten Leute tabu war, aber gerade deshalb machte es so viel Spaß. Etwas Unanständiges, Zufälliges und Riskantes zu tun, war aufregend und weckte in ihnen den Wunsch, es noch einmal zu tun. Sie hatten dieses Katz-und-Maus-Spiel wochenlang gespielt, und jetzt, da der Damm gebrochen war, wollten sie mehr voneinander. Das ist es, was großartiger Sex mit Menschen macht. Jede Beziehung erreicht nach einer Weile ein Plateau, und dieses Feuer neu entfacht zu haben, war etwas, von dem Maryanne nie gedacht hätte, dass sie es noch einmal erleben würde. Jetzt, wo sie es tat, fühlte sie sich wieder lebendig und sexy. Leo erforschte immer noch seine Sexualität, und Maryanne war Teil des Lernprozesses für einen jungen Mann.

Als Leo nach Hause kam, war er total aufgedreht und dachte: „Das war eine verdammt gute Pussy."

Er hatte Geschichten und Spekulationen über das Zusammensein mit einer älteren Frau gehört und konnte nun bestätigen, dass es genauso gut und sogar besser war, als er gehofft hatte. Leos Ziel war es, zu duschen und sich für den Abend fertigzumachen, der das Potenzial hatte, noch besser zu werden als der Nachmittag.

Nachdem sie einige Lebensmittel eingekauft hatte, begann Maryanne, sich für den Abend fertig zu machen, von dem sie hoffte, dass er aufregend werden würde. Sie versuchte sich einzureden, dass es kein Date war, aber in Wirklichkeit war es genau das. Sie lud einen jungen Mann zum Abendessen ein und hoffentlich zu einer Nacht voller weiterer sexueller Techtelmechtel. Maryanne war aufgeregt und konnte sich nicht entscheiden, was sie anziehen sollte. Sie fühlte sich, als wäre sie wieder in der Highschool und würde sich für ihren Abschlussball oder ihre Heimkehr fertigmachen. Sie wollte verführerisch aussehen, aber nicht zu sexuell, schließlich war sie noch eine Frau in den Vierzigern.

Leo zog sich auch an, als würde er zu einem Date gehen. Er duschte, rasierte sich und trug etwas von dem Eau de Cologne seines Vaters auf. Es war immer noch heiß und schwül draußen, also beschloss er, sich leger zu kleiden, ein schönes Poloshirt und Shorts anzuziehen. Er erwartete, dass er wieder Sex mit Maryanne haben würde, aber dieses Mal in einer traditionelleren Umgebung und nicht bei einem ungeplanten schnellen Herumtollen im Gras im Hinterhof.

Maryanne entschied sich für ein Paar rosafarbene Spandex-Leggings, die die Kurven ihres Hinterns betonten. Ihr Oberteil war ein einfaches weißes Unterhemd mit Druckknöpfen und verstellbaren Trägern. Sie lockerte die Träger und ließ die oberen beiden Druckknöpfe offen, um ein gutes Stück Dekolleté zu zeigen. Sie fühlte sich sexy, aber dennoch angemessen gekleidet für eine Frau ihres Alters. Maryanne hatte sich die Haare gemacht, etwas Make-up aufgetragen und einen Spritzer ihres Lieblingsparfüms hinzugefügt.

Als Leo ankam, sah er ein wenig nervös aus. Das war anders als am frühen Nachmittag. Diese Episode war nicht geplant, aber beide erwarteten eindeutig, dass an diesem Abend noch mehr passieren würde. Maryanne war selbst ein wenig nervös, weil sie die Verführung eines jungen Mannes plante, der fast halb so alt war wie sie. Zu sagen, dass dies ungewöhnlich war, wäre eine Untertreibung. Jetzt, da ihre sexuelle Dürre vorbei war, juckte Maryannes Muschi nach mehr.

Maryanne plante ein einfaches italienisches Abendessen und bot Leo einen Aperitif an, um beide zu beruhigen. Sie wusste, dass er noch nicht alt genug war, um Alkohol zu trinken, aber sie wusste auch, dass er und Albert in der Vergangenheit Alkohol getrunken hatten. Außerdem war es im Vergleich zu dem, was sie zuvor mit ihm gemacht hatte und später mit ihm machen wollte, milde, ihm etwas Wein anzubieten. Als sie im Wohnzimmer saßen und an ihrem Wein nippten, beschloss Maryanne, das Eis zu brechen und hoffentlich die unbehagliche Atmosphäre im Raum zu vertreiben.

„Leo, ich wollte dir nur sagen, dass das, was heute Nachmittag passiert ist, unglaublich war und ich bin froh, dass es passiert ist. Ich weiß, dass es für uns ungewöhnlich ist, das zu tun, was wir getan haben, aber es hat mir Spaß gemacht."

„Ja, Mrs. G, ich meine Maryanne, ich hatte auch viel Spaß. Es war großartig. Ich habe es schon mit Mädchen gemacht, aber nichts wie heute Nachmittag."

„Wir sind einvernehmliche Erwachsene und was wir tun, ist unsere Sache, Leo."

„Genau, wir sind nur zwei Leute, die Spaß haben."

„Ich dachte, wir könnten das offen ansprechen, damit wir beide entspannen können, Leo."

Beim Abendessen sprachen sie offen darüber, was zwischen ihnen vorgefallen war und wie es zu diesem Punkt gekommen war. Leo gab zu, dass er eine Zeit lang in Maryanne verknallt war. Sie erzählte Leo, dass ihr Mann sie lange Zeit betrogen hatte und dass sie vor diesem Nachmittag fast ein Jahr lang keinen Sex gehabt hatte und dass es mit ihrem Mann sowieso nicht so toll war.

Als Maryanne zugab, dass sie Leo mit den Bildern ihres Körpers gereizt hatte, sagte er: „Ich wusste es. Ich war mir nur nicht sicher."

Sie sagte, es habe angefangen, als er sie versehentlich im Badezimmer überraschte. Er sagte ihr, dass auch seine Schwärmerei damals angefangen habe. Nachdem sie nun die Sache geklärt hatten, gab es nach dem Abendessen noch andere Dinge zu erledigen.

Als sie mit einem Glas Wein im Wohnzimmer saßen, fragte Maryanne Leo, ob er mit ihr tanzen wolle. Er sagte, er sei nicht der beste Tänzer, aber er willigte ein. Sie legte leise Musik auf und sah ihn an, dass sie bereit war. Leo nahm Maryanne in die Arme, hielt eine Hand in seiner und legte die andere um ihre Taille.

„Weißt du, Leo, Frauen tanzen gern. Wenn du willst, dass sie mit dir schlafen, ist das ein toller Anfang. Es ist Teil des Vorspiels."

Er lächelte und hielt sie fester. Er konnte fühlen, wie ihre Brüste an seiner Brust rieben, während sie sich zur Musik wiegten. Sein Penis erwachte zum Leben und drückte gegen ihren Oberschenkel. Es war eine Erleichterung zu wissen, dass er seine Erektionen nicht mehr verstecken oder sich dafür schämen musste. Während sie tanzten, bewegte sich Maryanne absichtlich so, dass ihr Oberschenkel an Leos Penis rieb. Es gab Maryanne ein Gefühl von Selbstvertrauen zu wissen, dass sie einen jungen Liebhaber sexuell erregen konnte, und sie war nun frei, die Lust, die seine Erregung mit sich bringen würde, weiter zu erkunden. Ihre Muschi war feucht in Erwartung dessen, was die Nacht für sie bereithielt.

Leo schaute auf Maryannes Dekolleté und öffnete einen weiteren Verschluss ihrer Bluse, aber sie hielt inne und sagte: „Noch nicht, ich habe später eine Überraschung für dich."

Sie tanzten langsam zu einem anderen Lied, während die sexuelle Hitze im Raum einen Siedepunkt erreichte. Als ein weiterer Verschluss geöffnet wurde, fielen Maryannes Brüste praktisch aus ihrem Unterhemd, was Leo völlig ablenkte. Er schob seine Hand unter ihr Oberteil, um ihre Brüste beim Tanzen sanft zu drücken. Maryanne fühlte sich wieder jung, während sie von ihrem jugendlichen Liebhaber gehalten und gestreichelt wurde. Sie wünschte, sie hätte schon vor Jahren einen Liebhaber gefunden, so wie ihr Mann.

Als das Lied zu Ende war, entschuldigte sich Maryanne, aber nicht bevor Leo sich nach unten beugte, um ihr einen sanften Kuss auf die Lippen zu geben. Sie zog sich mit einem schüchternen Lächeln zurück und hoffte, ihm würde die Überraschung gefallen, die sie für ihn bereithielt.

„Ich bin gleich wieder da, Leo."

„Ich kann es kaum erwarten."

Leo wartete geduldig auf Maryannes Rückkehr und war nicht enttäuscht, als er sie sah. Sie trug ein halbtransparentes, burgunderfarbenes Nachthemd aus Netzstoff mit hüfthohen Schlitzen an beiden Beinen, die ihre langen Beine und dicken Schenkel betonten. Es hatte einen tiefen V-Ausschnitt, der viel von ihren runden, üppigen Brüsten zeigte. Sie trug einen passenden Tanga darunter.

Alles, was Leo sagen konnte, war „Wow", als Maryanne herumwirbelte, um ihre Dessous zu zeigen.

„Gefällt es dir?"

„Gefällt mir, ich liebe es. Du siehst heiß aus."

Leo nahm Maryanne in seine Arme und küsste sie leidenschaftlich. Es war unmöglich, ihre Hände voneinander zu lassen, als Leo Maryannes Brust streichelte, bevor er ihren Oberkörper hinunterfuhr, um ihren Hintern fest zu packen, während sie sich weiter küssten. Maryanne fühlte sich selbst wie ein Teenager, als sie mit ihrem jungen Nachbarn rummachte. Ihre Hände glitten über seinen starken, muskulösen Körper. Sie war spärlich bekleidet und verführte einen gutaussehenden jungen Mann, den sie an diesem Abend unbedingt als ihr Spielzeug benutzen wollte. Ihre frühere sexuelle Begegnung trieb ihre Leidenschaft nur noch mehr an, als sie mehr von ihm wollte.

Sie wussten beide, dass sie sich inmitten einer gesellschaftlich verbotenen sexuellen Begegnung befanden, aber gerade das machte es so aufregend. Leo fickte nicht nur eine ältere Frau, sondern auch jemanden, den er sein ganzes Leben lang kannte. Er war jung und wurde von seinen überwältigenden männlichen Hormonen getrieben. Sein Penis hatte ein unkontrollierbares Verlangen nach Befriedigung und Maryanne war eine willige Sexualpartnerin, die dabei half, ihre gegenseitigen Wünsche zu stillen.

Während sie sich gegenseitig begrapschten, flüsterte Maryanne Leo ins Ohr: „Frauen lieben es, wenn man sie küsst und an ihrem Hals knabbert."

Als eifriger Schüler machte sich Leo sofort an Maryannes Nacken zu schaffen. Er wusste, dass er ihre empfindlichste Stelle gefunden hatte, als ihre Knie fast nachgaben und sie zu stöhnen begann. Nachdem er an einer Seite ihres Halses geknabbert hatte, neigte Maryanne ihren Kopf, um ihm die andere Seite anzubieten. Er konnte fühlen, wie sie in seinen Armen dahinschmolz. Als er seinen Kopf von ihrem Hals hob, hatten sie beide einen lustvollen Blick in den Augen.

Maryanne nahm Leos Hand und führte ihn in ihr Schlafzimmer. Ihr Hintern wackelte vor ihm, als er ihr die Treppe hinauf folgte. Als sie an Alberts Zimmer vorbeikamen, überkam ihn ein Anflug von Schuldgefühlen, aber es war nicht stark genug, um das Unvermeidliche aufzuhalten. Als sie das Schlafzimmer erreichten, half Maryanne Leo, sich auszuziehen. Sie staunte über den jungen Adonis, der nackt vor ihr stand. Sie hob ihre Hände, um seine Brustmuskeln zu betasten, bevor sie sie zu seinen Schultern und seinen Armen hinaufgleiten ließ. Maryanne beugte sich sogar vor, um an Leos Brustwarzen zu saugen, was er seltsam erregend fand. Sie vermied es absichtlich, seine Erektion zu berühren, und hob sich das Beste für später auf.

Leo löste die Träger von Maryannes Nachthemd und zog es herunter, sodass ihre Brust frei lag und auf ihren breiten Hüften ruhte. Er staunte über die Schönheit ihrer großen Brüste. Er spielte kurz mit ihnen, bevor er sich ein paar Augenblicke Zeit nahm, um an ihren Brustwarzen zu saugen. Dann zog er ihr das Nachthemd von den Hüften und ihre Beine hinunter. Er ließ seine Hände Maryannes Beine hinauf und herum gleiten, um mit einer Hand ihren Hintern zu streicheln, während er ihre Muschi durch ihren jetzt klatschnassen Tanga rieb.

Maryanne schien bei seiner Berührung dahinzuschmelzen, sie schloss die Augen und stöhnte leise. Leo zog ihren Tanga aus und ließ sie beide nackt zurück. Sie begannen sich wieder zu küssen, während er seinen Finger mühelos in ihre klatschnasse

Muschi einführte und begann, sie mit den Fingern zu ficken, während sie langsam begann, seinen Schwanz zu streicheln. Sie atmeten jetzt beide schwerer. Sie wollten einander, sie brauchten einander und sie mussten einander haben.

Kapitel Vier

Maryanne führte Leo zum Bett und fragte: „Willst du 69?“

„Ich mache heute Nacht alles, was du willst.“

Sie ließ Leo auf dem Rücken liegen und setzte sich rittlings auf seinen Kopf. Er sah zu Maryannes Muschi und Arsch hoch, als sie sich hinabsenkte, bis sie spürte, wie seine Zunge in sie eindrang. Sie nahm sich einen Moment Zeit, um das Gefühl zu genießen, als ihre Muschi zum zweiten Mal an diesem Tag geleckt wurde.

Maryanne nahm dann Leos Schwanz in die Hand und bewunderte den jungen, harten Schwanz in ihrem Gesicht. Sie streichelte ihn ein paar Mal, bis sie sah, wie sein Vorsaft aus der Eichel tropfte, und leckte ihn mit der Zungenspitze auf. Sie drückte noch ein paar Tropfen aus ihm heraus und genoss seine orale Stimulation ihrer Muschi einen Moment, bevor sie ihn zwischen ihre Lippen nahm. Maryanne genoss den Geschmack des jungen Schwanzes in ihrem Mund, eines Schwanzes, nach dem sie sich seit Monaten gesehnt hatte. Mit Leo zusammen zu sein, machte noch mehr Spaß, als sie es sich vorgestellt hatte.

Durch den Sex mit Leo konnte Maryanne eine Fantasie ausleben, ihre sexuelle Frustration loswerden und sich an ihrem Mann rächen, der sie für eine jüngere Frau verlassen hatte. Er war nicht der Einzige, der eine jüngere Geliebte anziehen konnte. Es gab ihr ein gutes Gefühl, weil sie die Bestätigung bekam, dass sie sexuell attraktiv genug war, um mit einem 18-jährigen jungen Mann zu schlafen. Es war aufregend, loszulassen und Spaß zu haben. Sie hatte einen Großteil ihres Erwachsenenlebens geopfert, um für ihren Mann und ihre Kinder zu sorgen, und jetzt kümmerte sie sich um ihre eigenen Bedürfnisse.

Maryanne liebte es, Leos Schwanz im Mund zu haben. Oralsex hatte ihr schon immer gefallen, aber noch besser war es, wenn auch jemand sie oral befriedigte. Ihr Mann mochte es nicht, ihr die Muschi zu lecken, aber Leo leckte sie jetzt mit jugendlicher Begeisterung. Da sie oben war, konnte sie bestimmen, wo seine Zunge ihre Muschi berührte, was es noch lustvoller machte.

Sie stöhnten und schnurrten beide vor purer Ekstase. Maryanne war die erste, die kam, und sie kam. Sie hatte einen so intensiven Orgasmus, dass sie Leos Mund mit so viel von ihrem Saft überschwemmte, dass er Schwierigkeiten hatte, alles zu schlucken. Als er aufhörte, sie zu lecken, flehte sie ihn an, weiterzumachen, und kam erneut. Maryanne konnte sich nicht erinnern, wann sie das letzte Mal zweimal hintereinander und dreimal an einem Tag gekommen war, und sie fingen gerade erst an.

Anstatt Maryanne zu befriedigen, weckten ihre Orgasmen nur noch mehr Verlangen nach Leos Schwanz. Sie drehte sich um, stopfte seinen Schwanz in ihre Muschi und begann, ihn zu reiten, während er mit ihren wippenden Brüsten spielte. Manchmal beugte sie sich nach vorne, um ihm ihre Brustwarzen zu füttern, während sie ihre Hüften sinnlich kreisen ließ, dann richtete sie sich auf und ritt ihn schnell und wild. Maryanne ließ jahrelang angestaute sexuelle Frustration los und Leo war der glückliche Empfänger.

Als Maryanne müde wurde, übernahm Leo die Führung und legte sie auf den Rücken, ohne sich zu lösen, und begann, ihre heiße Muschi zu stoßen. Es war viel angenehmer, sie auf ihrem Bett zu ficken als im Hinterhof.

„Fick mich, Leo. Oh ja, oh mein Gott, es fühlt sich so gut an. Fick mich hart“, schrie Maryanne.

„Du magst meinen Schwanz, oder?“

„Ich liebe deinen Schwanz, Leo. Oh Gott, ich brauchte so dringend einen guten Fick.“

„Also, ich werde ihn dir geben.“

„Oh ja, gib ihn mir.“

Obwohl Maryannes Muschi nicht so eng war wie die seiner Ex-Freundin, war es genauso angenehm, wenn nicht sogar angenehmer, eine ältere, erfahrenere Frau zu haben, die sich in purer Verzückung wand, während er sie fickte. Er konnte den Ausdruck sexueller Sehnsucht in ihren Augen sehen, als er ihre Muschi immer und immer wieder hämmerte. Er stieß mit der Kraft eines Kolbens in Maryanne hinein. Je mehr sie nach mehr schrie, desto schneller und härter fickte er sie, bis sie in den Wehen des Orgasmus war.

Maryanne spürte Wellen purer Ekstase durch ihren Körper strömen, als sie kurz vor ihrem Orgasmus ihren Höhepunkt erreichte, bevor Leo begann, sein Sperma in ihre gierige Muschi zu spritzen. Ihr gemeinsames Grunzen, Stöhnen und Ächzen der Lust erfüllte das Schlafzimmer, als Leo eine Ladung seines jugendlichen Samens nach der anderen in seine heiße MILF-Nachbarin spritzte. Als sie fertig waren, keuchten sie beide und versuchten, wieder zu Atem zu kommen.

„Heilige Scheiße, Leo, ich weiß nicht, ob ich jemals zuvor einen so guten Fick gebraucht habe. Du warst fantastisch.“

Leo war stolz auf Maryannes Erklärung seiner sexuellen Fähigkeiten und antwortete: „Das war unglaublich, Maryanne. Du bist eine heiße, sexy Lady.“

Leos Kommentare brachten Maryanne zum Lächeln. Das hatte schon lange niemand mehr über sie gesagt. Sie hatte sich im Laufe der Jahre für ihren sich verändernden Körper geschämt und fühlte sich nicht sexuell begehrenswert, bis sie begann, die Aufmerksamkeit des besten Freundes ihres Sohnes auf sich zu ziehen. Er betonte nun, dass sie tatsächlich eine begehrenswerte Frau war, eine begehrenswerte Frau, die an diesem Abend noch nicht mit ihrem jungen Liebhaber fertig war.

Nachdem sie sich ein wenig erfrischt hatten, lagen sie im Bett und unterhielten sich, während sie sich von dem, was an diesem Tag zwischen ihnen vorgefallen war, begeistert fühlten. Die plötzliche Wendung der Ereignisse war nichts, was einer von beiden erwartet hatte, aber beide wünschten es sich.

Während sie mit Leo da lag, fragte Maryanne ihn: „Würdest du mich festhalten?“

„Sicher, Maryanne.“

Sie unterhielten sich weiter, während sie sich noch immer nackt aneinander kuschelten.

„Wann hast du zum ersten Mal daran gedacht, du weißt schon, mit mir zusammen sein zu wollen?“, fragte Maryanne.

„Alberts Freunden und mir ist du schon vorher aufgefallen, aber nachdem ich dich an diesem Morgen nackt im Badezimmer gesehen habe, habe ich angefangen, dich, sagen wir mal, anders anzusehen“, antwortete Leo mit einem Grinsen.

„Ja, ich glaube, da habe ich auch angefangen, an dich zu denken. Du standest einfach da und starrtest mich an und ich konnte sehen, dass dir gefiel, was du sahst.“

Leo lachte und antwortete: „Es war ziemlich peinlich, vor dir einen Ständer zu bekommen."

„Jetzt schau uns an", antwortete Maryanne mit einem eigenen Grinsen.

Während sie redeten, ließ Maryanne ihre Hand über Leos nackte, behaarte Brust oder seine Hüften und Schenkel auf und ab gleiten. Er berührte sanft ihren Oberkörper und betrachtete ihre Nacktheit. Es dauerte nicht lange, bis Leos Penis wieder zum Leben erwachte und zu wachsen begann.

Maryanne begann ihn langsam zu streicheln und sagte: „Na, sieh mal, was wir hier haben."

Sie fuhr mit ihren Fingern über Leos jetzt erigierten Penis, berührte und fühlte ihn. Maryanne war innerlich ganz aufgeregt bei dem Wissen, dass ihr Glück ihr zum dritten Mal an einem Tag Sex bescheren würde, etwas, das ihr seit ihrer Frischverheiratung nicht mehr passiert war. Sie umfasste sanft seine Hoden und streichelte seinen Schaft. Im Gegenzug begann Leo mit den vollen Brüsten seiner neuen Geliebten zu spielen. Er fragte sich, ob dieser Tag nur ein Traum gewesen war und er irgendwann mit einer Ladung Sperma in seinem Pyjama aufwachen würde.

Maryanne begann, sich küssend und leckend an Leos Oberkörper entlang zu bewegen, hielt inne, um seine empfindlichen Brustwarzen zu küssen, zu lecken und daran zu saugen, bevor sie sich zwischen seine Beine schob. Sie kniete sich neben ihn, sodass er mit ihrem Arsch und ihren Brüsten spielen konnte, während sie begann, seinen Schwanz und seine Eier wie eine Eistüte zu lecken. Maryanne rieb ihre Lippen an seinem Schwanz und ließ sie an seinem Schaft auf und ab gleiten. Sie hatte es nicht eilig wie viele von Leos früheren

Dates, sie ließen sich Zeit, den Körper des anderen zu erkunden. Maryanne genoss es einfach, einen jungen, harten Schwanz zum Spielen zu haben.

Leo begann zu stöhnen, als Maryanne ihn tief in den Mund nahm und ihre Eichel wieder zu wippen begann. Ihre Zunge wirbelte um Eichel und Schaft. Seine neue Geliebte war viel geschickter im Schwanzlutschen als die Mädchen, mit denen er sonst ausging. Es war ihm egal, ob sie die Mutter seines besten Freundes war oder nicht, sie war eine großartige Schwanzlutscherin.

„Wow, Maryanne, du weißt wirklich, wie man einen Schwanz lutscht."

Sie hörte lange genug auf, ihm einen zu blasen, um zu sagen: „Ich habe jahrelange Übung, Leo. Ich bin froh, dass es dir gefällt."

Nachdem Maryanne Leo fünfzehn Minuten oder länger einen geblasen hatte, sagte er: „Ich würde dich gerne zwischen deinen Titten ficken. Ich habe viel darüber nachgedacht, seit du mich geärgert hast."

Sie hob den Kopf und antwortete: „Na dann, lass es uns tun."

Maryanne lehnte sich zurück, während Leo sich rittlings auf ihre Brust setzte. Sie presste ihre Brüste um seinen Schaft zusammen, als er begann, seine Hüften zu bewegen. Beim Aufwärtsstoß ließ Leo ihr die Spitze seines Schwanzes einige Augenblicke lang lecken und saugen, bevor er wieder zwischen die Hügel ihrer vollen Brüste stieß. Während Leo das Gefühl von Maryannes Brüsten genoss, die sich um seinen Schwanz schlossen, wusste er, dass sie ihn wieder in ihrer Muschi spüren wollte.

Als Leo sich zwischen Maryannes Beine schob, lächelte sie und spreizte ihre Beine weiter, als Aufforderung, weiterzumachen. Zum dritten Mal an diesem Tag schob Leo seinen Schwanz in Maryannes gierige Muschi. Dieses Mal jedoch begann er, sie langsam zu ficken, während er ihr direkt in die Augen sah. Er sah die Freude in ihren Augen, während er mit seiner reifen Nachbarin Liebe machte. Er nahm sich Zeit, das Gefühl der heißen Muschi seiner Geliebten zu genießen.

Die langsamen Stöße, die Maryanne spürte, gaben ihr die Gelegenheit, die Befriedigung zu genießen, nach der sie sich so lange gesehnt hatte. Sie hatte Glück, nicht nur einen jungen, leidenschaftlichen Liebhaber gefunden zu haben, sondern auch einen mit Ausdauer. Es fühlte sich so gut an, wieder einen harten Schwanz in ihrer Muschi zu haben. Sie wünschte, Leo könnte sie die ganze Nacht lang ficken.

Leo stellte fest, dass er die Intensität von Maryannes Stöhnen kontrollieren konnte, indem er schnell in sie hineinstieß. Er begann langsam, aber als er das Tempo erhöhte, stöhnte sie lauter und stärker. Dann wurde er wieder langsamer und fickte sie nach dem Zufallsprinzip schneller. Er wiederholte dieses Muster eine Weile, bis Maryanne ihn bat, die Stellung zu wechseln.

„Ich liebe es, von hinten gefickt zu werden. Das ist meine Lieblingsstellung."

Leo wollte seiner Geliebten gefallen, also zog er sich zurück und erlaubte Maryanne, sich auf alle Viere zu begeben, mit ihrem üppigen Arsch hoch in die Luft. Er packte sie an den Hüften und drang tief in sie ein. Als Leo sah, dass dies ihre Lieblingsstellung war, beschloss er, das Tempo zu erhöhen und begann, sie hart zu ficken. Er hämmerte so hart in ihre Muschi, dass ihre Haut aneinander klatschte, ihre Titten wild herumflatterten und ihre fleischigen Arschbacken bei jedem Stoß wellenartig wackelten. Maryanne klammerte sich an die Bettwäsche und schaukelte im Rhythmus von Leos Bewegungen vor und zurück.

„Oh ja, fick mich einfach so. Fick mich hart. Fick mich. Fick mich. Ich komme gleich wieder."

Leo hämmerte härter in Maryannes heiße MILF-Muschi, als sie wieder kam. Er fühlte sich wie ein erfahrenerer Liebhaber, als er eine ältere Frau wieder zum Kommen bringen konnte. Er war auch kurz davor zu kommen, konnte aber durchhalten, bis ihr Orgasmus abgeklungen war.

Dann sagte er zu Maryanne: „Ich will in deinen Mund kommen."

„Du kannst überall kommen, wo du willst, Leo."

Sie drehte sich um und nahm Leos Schwanz in den Mund, schmeckte ihr Sperma auf seinem Schwanz. Sie wollte ihrem jungen Liebhaber eine Freude machen, im Gegenzug dafür, dass er ihr eine Freude machte. Er fickte ihren Mund, während sie ihm einen blies. Sie wollte sein Sperma schmecken. Sie wollte ihm eine Freude machen.

„Ich werde kommen", schrie Leo, um Maryanne zu warnen.

Sie öffnete ihren Mund und streckte ihre Zunge heraus, als Leo zu kommen begann. Maryanne hatte vergessen, wie sehr sie den würzigen Nektar des Spermas eines Mannes mochte, als er ihr mehrere Schwalls in den Mund spritzte, aber auch etwas davon auf ihr Gesicht spritzte. Maryanne hatte ihren Mann nie auf ihr Gesicht spritzen lassen, aber sie tat es für Leo, weil er sie an diesem Tag so gut gefickt hatte. Sie fühlte sich auch so nuttig. Sie war überrascht, wie groß seine Ladung war, da dies sein dritter Orgasmus an diesem Tag war, aber andererseits war er ein achtzehnjähriger Prachtkerl, dessen Sexualtrieb noch immer auf dem Höhepunkt war.

Leo blickte auf Maryanne hinunter und staunte darüber, dass er ihr Gesicht gerade mit seinem Sperma bemalt hatte. Dieser Tag war ein ziemliches Abenteuer, ein Tag, den keiner von beiden je vergessen würde. Nachdem Maryanne sauber gemacht hatte, verkündete sie, dass sie für heute Abend fertig sei. Sie hatte an einem Tag mehr Orgasmen gehabt als je zuvor und war jetzt erschöpft. Leo war auch ziemlich müde und verstand den Wink, dass es Zeit war, nach Hause zu gehen. Er dankte ihr für einen wundervollen Tag, gab ihr zum Abschied einen Kuss und ging mit einem zufriedenen Grinsen im Gesicht nach Hause.

Als sie vor dem Einschlafen im Bett lag, dachte Maryanne an ihre Taten an diesem Tag zurück. Sie fühlte sich ein wenig schuldig, weil sie den Freund ihres Sohnes für ihre eigenen Zwecke ausgenutzt hatte, aber es war auch eine der aufregendsten sexuellen Erfahrungen, die sie je gemacht hatte. Sie brach die Regeln der sozialen Normen und hatte dabei jede Menge Spaß. Sie beschloss, dass sie nicht zulassen würde, dass negative Gefühle ihre Gedanken beherrschen. Sie war es sich selbst schuldig, etwas Spaß in ihrem Leben zu haben, nachdem sie den Stress der Familiengründung und der Scheidung von ihrem Mann durchgemacht hatte.

Maryanne dachte, dass sie das Jucken in ihrer Muschi durch erneuten Sex stillen könnte. Sie stellte jedoch fest, dass dies nur ihre angestaute sexuelle Frustration abbaute, die sich über Jahre aufgebaut hatte. Endlich Sex zu haben, half zwar, steigerte aber nur ihr Verlangen nach mehr. Tief in ihrem

Inneren wusste Maryanne, dass ihre Beziehung mit Leo nie eine langfristige Lösung für ihre Bedürfnisse sein würde. Irgendwann würden sie beide Partner finden müssen, die näher an ihrem Alter waren. Bis das jedoch passierte, plante sie, ihre Sexualität mit ihrem jungen Liebhaber zu erkunden. Sie hatten beide zu viel Spaß, um jetzt aufzuhören.

DAS ENDE

www.ingramcontent.com/pod-product-compliance
Lightning Source LLC
LaVergne TN
LVHW050558160826
845677LV00011B/2360

* 9 7 9 8 2 2 7 5 6 2 9 5 1 *